KB244625

소녀 협주곡 18번

미래를 위한 약속

'꿈을 실어 나르는 책지게'
우리 동아리는 진정한 자아 찾기 활동과 자신의 꿈을 실현하기 위한 실천적 삶의 계획 세우기를 바탕으로 '나만의 책쓰기' 활동을 하고 있습니다. '나만의 책쓰기'는 자신의 진로와 흥미, 적성과 능력을 고려하여 자신만의 주제를 설정하여 책을 쓰는 프로젝트형 수업 방식이다.

소녀 협주곡 18번 — 미래를 위한 약속
초판 1쇄 인쇄_ 2010년 5월 25일 | 초판 1쇄 발행_ 2010년 5월 30일
지은이_ '꿈을 실어 나르는 책지게' 동아리 | 엮은이_이성욱, 김묘연
펴낸이_진성옥·오광수 | 펴낸곳_꿈과희망 | 디자인·편집_김창숙, 박희진 | 마케팅_김진용
주소_서울특별시 용산구 원효로 1가 112-4 디아뜨센트럴 217
전화_02)2681-2832 | 팩스_02)943-0935 | 출판등록_제1-3077호
http://www.dreamnhope.com| e-mail_ jinsungok@empal.com
ISBN_978-89-90790-24-8 43810 | 값 8,000원
ⓒPrinted in Korea. | ※ 잘못된 책은 바꾸어 드립니다.

소녀 협주곡 18번

미래를 위한 약속

'꿈을 실어 나르는 책지게' 동아리 지음

이성욱 · 김묘연 엮음

꿈과 희망

여덟 소녀의 행복한 꿈 찾기

'꿈을 실어 나르는 책지게'

강동고등학교의 독서 동아리 이름이자 책쓰기 동아리 이름입니다.

2008년 늦가을, 대구교육청에서 독서 동아리를 모집한다는 소식을 들었습니다. 아이들과 함께 책을 읽고 토론을 하는 형태였습니다. 후배 여선생님에게 함께 해 보자고 제의를 했고 흔쾌히 수락하여서 동아리 활동을 시작하게 되었습니다. 꿈 많은 여덟 명의 소녀를 만난 것은 바로 그때였습니다. 아이들 대다수가 부끄럼이 많았고 저와 눈빛조차도 제대로 마주치지 못하는 아이들이었습니다. 그렇게 시작한 독서 동아리 활동에 대한 아이들의 반응은 매우 좋았습니다. 유토피아, 멋진 신세계 등 학생들이 접하기 쉽지 않은 인문 분야 책을 골라서 읽었는데, 모두가 새벽까지 책을 읽어 왔고 토론도 진지했습니다. 3개월 정도의 독서 동아리 활동은 의미 있게 끝났고, 남는 아쉬움은 그 이후에도 책을 읽고 온라인상으로 의견을 나누는 형태로 지속되었습니다.

2009년 3월, 책쓰기 동아리를 선정한다는 기쁜 소식이 날아들었습니다. 독서 동아리 회원 8명에게 이야기를 했는데, 처음에는 책을 낸다는 말에 조금 주저하는 모습이었지만 모두가 함께하기로 뜻을 모았습니다.

첫모임에서 동아리 회원끼리 잘 알아야겠다는 생각에 독서 동아리를 하면서 쌓은 끈끈한 정을 바탕으로 서로의 깊은 속마음까지 다 드러낼 수 있도록 하였습니다. 먼저 교사 2명이 각자의 아픈 기억들을 이야기하자 아이들도 자기만의 숨겨진 이야기들을 말하기 시작했습니다. 어떤 때에는 너무도 슬픈 나머지 말하는

사람도 울고, 이야기를 듣는 사람도 울기도 했습니다. 울음을 삼키길래 마음 놓고 눈물을 흘리라고 이야기 했습니다. 가장 순수한 눈물이니까요. 서로의 뺨에 흐르는 눈물을 보며 개인이 가지고 있던 아픔을 함께 나누면서 친밀감은 더욱 깊어졌습니다.

그렇게 서로를 이해해 가면서 책쓰기 동아리 모임은 점점 탄력을 받기 시작했습니다. 마치 하나의 가족처럼 가까워진 것을 모두가 느끼고 있었습니다. 서로의 글에 대한 조언도 아끼지 않았고 카페에 각자의 느낌을 올리고 댓글을 다는 등 각자의 꿈을 찾아서 부지런히 움직였습니다. 2시간의 수업시간은 눈 깜빡할 사이에 지나가곤 했습니다. 밤 늦게까지 활동을 하는 데에도 아무런 불평 없이 열심히 따라와 준 우리 아이들에게 진정으로 고마움을 전합니다.

현재 대학입시는 수학능력시험과 논술 등으로 이루어지고 있습니다. 수학능력시험도 과거의 문제점을 많이 개선하여 학생들의 사고력을 어느 정도는 파악할 수 있겠지만 역시 객관식이 지니고 있는 한계를 벗어날 수는 없습니다. 논술이 그 대안으로 등장하여 학교마다 통합교과논술 동아리가 활성화되어 있습니다. 분명히 논술은 기존의 객관식 시험이 가지고 있던 문제점을 보완하는데 큰 기여를 했습니다. 아이들도 일반 수업보다는 논술 수업이 훨씬 재미있고 유익하다고 말합니다. 교사의 일방적 수업이 아닌 학생 상호간에 의견을 나누고 근거를 찾고 반박을 하는 수업 방식을 통해서 자신이 미처 생각하지 못한 부분을 깨닫게 되어서 깊이 있는 사고의 확장이 가능했기 때문일 것입니다.

이러한 논술의 성과를 더욱 발전시킨 것이 바로 '책쓰기'입니다. 실제로 논술 수업도 유익했지만 책쓰기 수업을 하면서부터는 훨씬 더 행복한 마음을 가지고 아이들과 활동을 했습니다. 아이들과 함께 느끼는 그 행복한 마음을 어떻게 말로 표현할 수 있을까요? 아마 수업을 직접 해보지 않은 분들은 그 즐거움을 이해하기 어려울 것입니다.

책쓰기 동아리 활동을 하면서 아이들의 모습이 많이 변했다는 것을 피부로 느꼈습니다. 모두에 말씀드렸듯이 자신감이 없어 보이고 꿈이 명확하지 않았던 아이들이었는데 이 활동을 통해 자신의 꿈을 서서히 찾아가면서 표정도 밝아지고 자신감 넘치는 밝고 힘찬 모습으로 변모했습니다. 저와 눈빛도 잘 마주치지 못했던 아이도 복도에서 만나면 환히 웃으며 눈빛을 교환하고 밝게 인사하는 모습을 보고 얼마나 반가웠는지 모릅니다. 이것이 책쓰기의 힘 가운데 하나가 아닐까요? 고등학생의 패기 넘치는 당당한 모습과 꿈을 찾기 위해 함께 고민하고, 울고, 웃고 하면서 성숙해 가는 아이들을 보며 함께 행복했습니다.

여기에 실린 여덟 편의 글은 아이들의 꿈을 바탕으로 한 것입니다. 단순한 상상 속의 이야기가 아니라 각자가 펼치고 싶은 미래의 꿈을 이야기로 구성한 것입니다. 아픈 기억을 떠올리며 글로 풀어내는 순간 이미 그 아픔은 물거품처럼 사라졌고, 자신의 꿈을 향한 힘찬 전진만 있게 되었습니다. 검사, 회계사, 공무원, **PD**, 의사, 연구원 등 아이들의 꿈이 아름답게 그려지기도 했고, 때로는 아프게 나타나기도 했습니다. 아직 미숙한 부분이 많지만 분명한 것은 아이들이 불분명했던 자신

의 꿈을 명확히 찾게 되고 그 꿈에 대한 확신을 가지게 되었다는 것입니다.

　이 책이 나오기까지에는 많은 분들의 도움이 있었습니다. 밤잠 설치는 힘든 작업임에도 불구하고 최선을 다한 여덟 명의 우리 아이들, 혼신의 힘을 다하여 지도해 주신 김묘연 선생님, 책쓰기의 출발을 제시해 준 대구교육청의 한원경 장학관님, 장성보 장학사님, 문학기행을 함께한 통합교과논술지원단의 한준희, 이동우, 안병학 선생님, 바쁜 시간에도 아이들의 인터뷰에 응해 주신 모든 분들, 특히 어려운 상황에서도 출판을 허락하신 도서출판 꿈과희망의 대표님과 소중한 책으로 엮어 주신 편집부 여러분들께 진심으로 고마운 말씀을 드립니다.

　『소녀 협주곡 18번-미래를 위한 약속』은 우리 모두의 것입니다. 미래를 짊어지고 나갈 우리 아이들의 소중한 꿈이 활짝 펼쳐지길 간절히 소망합니다.

2010년 1월

이 성 욱

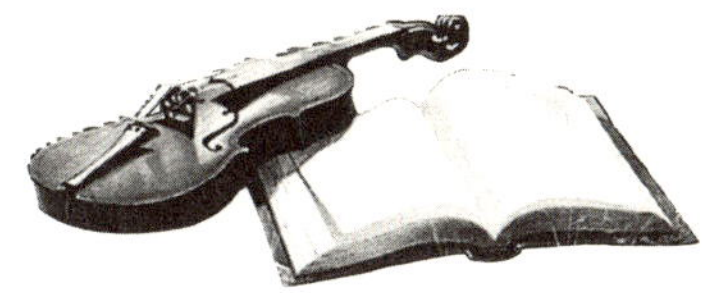

차례

달콤한 과거로의 비상

희망을 품을 수 있다는 것에 감사해가
희망을 잃지 않는다면
네가 간절히 원하는 꿈으로 가는 문은
이미 열려 있는 것이나 다름이 없다

강신애

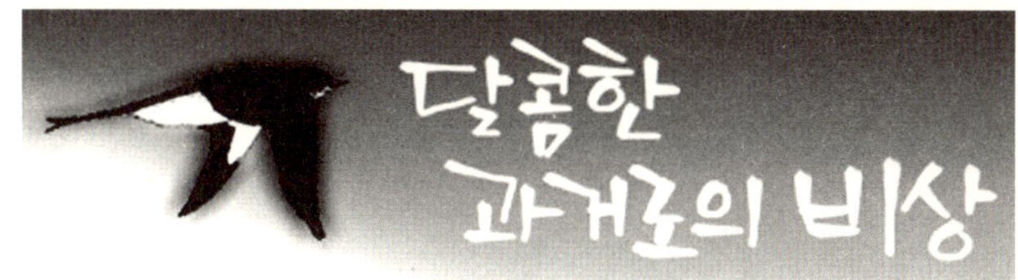

프롤로그

내 나이 예순하나. 이곳 아프리카 오지에서 남편과 단둘이 선교를 하며 지낸 지도 어느덧 1년이 되었다.

이곳에서의 생활은 전혀 쉽지 않았다. 처음 도착했을 때에는 날씨가 선선하고 비도 내렸다. 그러나 건기가 시작되자, 땅이 마르고 물이 부족해졌다. 더워져만 가는 날씨에 적응하기가 무척 힘이 들었다. 물을 구하는 것도 쉽지 않아서 생활하기가 불편했다. 더군다나 무더운 낮과는 달리, 아침 저녁으로 쌀쌀한 날씨는 감기에 걸리기 딱 좋았다. 며칠을 몸살로 고생한 적이 한두 번이 아니었다.

그러나 가장 두려웠던 것은 좀처럼 마음을 열어주지 않는 현지인들의 차가운 시선이었다. 그나마 아이들은 우리를 따뜻하게 대해 주었기 때문에 용기가 났다. 그렇지만, 그 용기도 얼마 가지 못하였고, 점점 두려운 마음이 들었다. 이곳에 선교센터를 짓고 봉사를 하며 살겠다는 꿈을 가졌던 것이 엊그제 같은데, 이렇게 마

음이 나약해질 줄은 상상도 못 했다. 가끔 한국에 돌아가서 편안히 사는 나의 모습을 상상할 때도 있다. 당장에라도 짐을 꾸려 한국으로 돌아가고 싶다는 생각이 자꾸만 나를 압박해 왔다.

나는 더 이상 참지 못하고 남편을 조르기 시작했다.

"여보, 우리 한국으로 돌아가요."

"또 그 소리요? 당신 꿈은 어쩌고? 선교센터를 짓겠다면서. 아프리카 사람들에게 봉사하며 살겠다면서……. 우리 조금만 더 힘을 내봅시다, 응?"

"더 이상은 못 버티겠어요. 앞으로의 생활이 두려워요. 한국에서 봉사하면 되잖아요. 이런 먼 곳까지 와서 이렇게 고생할 필요 없잖아요."

"그게 무슨 말 같지도 않은 소리요. 도대체 왜 이렇게 변한 거요? 당신 이러지 않았잖소. 아프리카인들에게 희망을 줄 거라면서 행복해 하며 아프리카 생활을 시작했던 당신 맞는 거요?"

한국으로 돌아가자는 어린아이처럼 변한 나와 그런 어린아이를 다독이며 조금만 버텨보자는 나의 남편. 그러나 나의 어리광은 결국 남편이 두 손 두 발 다 들게 만들었다. 남편에게 미안했지만, 이미 마음의 문을 굳게 닫은 나는 한국으로 돌아가는 것을 포기할 수 없었다.

이곳을 떠나기 전, 마지막으로 인사를 해야 할 사람이 있었다. 옆집에 사는 'Nalo' 라는 꼬마. 1년 동안 Nalo와 정이 들었기 때문에, Nalo에게만큼은 작별 인사를 해야 할 것 같았다. 나는 남편과 함께 Nalo의 집으로 발걸음을 옮겼다.

Nalo는 우리 부부가 왔다는 사실에 깡충깡충 뛰고 있었다. 그런 Nalo를 안쓰럽게 바라보며 떨어지지 않는 입을 떼어 말했다.

"Nalo, 할머니는 이제 한국으로 돌아가. 나중에 우리 Nalo 보러 다시 올게."

“그게 무슨 뜻이야?”

“할머니, 한국으로 돌아가.”

Nalo는 한참이나 나를 보더니 이내 큰소리로 울기 시작했다.

“안 돼, 할머니! 가지 마! Nalo랑 같이 살자, 가지 마!”

“Nalo, 미안해. 할머니는 가야 해.”

Nalo가 울음을 그치지 않자, 남편이 Nalo를 토닥여주며 밖으로 데리고 나갔다. 그 모습을 바라보고 있던 나를 부른 건 Nalo의 할아버지 ‘Shasa’ 였다. Shasa도 처음에는 우리 부부를 차가운 시선으로 보았지만, Nalo가 우리 부부를 무척 좋아했기 때문에 곧 마음을 열어주었다. Shasa는 어두운 표정을 하고는 방 안으로 들어오라고 손짓했다.

“꼭 돌아가야만 하겠나?”

“더 이상은 힘들어요. 나는 이제 지쳤어요. 건강도 안 좋아졌고, 이곳에서 계속 생활할 수 있는 용기가 나지 않아요. 미안해요, Shasa. Nalo를 위로해 줘요.”

“한 번만 더 생각을 해보면 안 되겠나? 이곳에는 자네의 도움이 필요한 사람이 많아. 조금만 더 이곳에 있어주면 안 되겠나?”

“Shasa, 나는 희망을 잃었어요. 아프리카에 처음 왔을 때 가졌던 그 희망은 이미 날아가 버린 것만 같아요. 아프리카인들에게 어려움 속에서도 희망을 잃지 않고 행복하게 살게 해 주고 싶었는데……. 결국엔 제가 먼저 그 희망을 놔버렸네요. 죄송해요, Shasa. 몸 건강히 잘 지내세요.”

Shasa는 한숨을 내쉬며 무겁게 몸을 일으켰다. 그리고는 책상 서랍에서 잠열쇠가 달린 작은 상자를 꺼냈다. 몸 속 깊은 곳에서 오래되어 보이는 목걸이를 꺼내자 녹슨 열쇠 하나가 보였다. 열쇠로 상자를 열자, 상자 안에는 무언가 알 수 없는 물건들로 가득 차 있었다. Shasa는 한쪽 구석에서 무언가를 손에 쥐고 나에게 건넸다.

"사탕이 다 녹을 때쯤이면 다시 돌아올 수 있을 거야."

"그게 무슨……."

"……."

Shasa는 아무 말이 없었다. Shasa의 표정이 너무나도 어두웠기 때문에, 더는 말을 걸 수가 없었다. 사탕을 손에 쥐고 나와 Nalo에게 마지막 인사를 했다. 그리고 남편과 함께 집으로 돌아와 짐을 꾸리기 시작했다.

저녁 무렵, 남편은 벌써 잠이 들었다. 피곤함에 누워 있는데 갑자기 Shasa가 준 사탕이 생각이 났다. 겉에는 먼지가 수북이 쌓여 있었지만, 껍질을 까 보니 맑은 속이 반짝이고 있었다. 나는 그 반짝임의 유혹에 넘어가 버렸다.

달콤한 이야기 하나, 희망을 나누는 사람

눈을 뜬 나는 놀라지 않을 수가 없었다. 이곳은 아프리카가 아닌…… 한국이다! 꿈인가? 그래, 꿈일 거야. 한국으로 돌아가고 싶은 마음이 간절한 나머지 꿈을 꾸는 거야.

그런데 입 안에서 무언가 느껴졌다. 달콤한 사탕. 꿈이라고 생각할 수 없을 만큼 사탕의 달콤함이 강하게 느껴졌다.

그렇게 사탕의 맛을 느끼며 주위를 돌아본 순간, 나는 또 한 번 놀랐다. 내 눈앞에 보이는 것은…… 바로 나였다! 40대 중반으로 보이는 그녀는 사람들에게 배식하고 있었다. 놀라움 반, 호기심 반으로 발걸음을 옮겼다. 사람들이 나를 의식하지 않는 것으로 보아, 나를 보지 못하는 것만 같았다.

그렇다면 그녀도 나를 볼 수 없을까? 그녀와 대화를 나눠보고 싶다. 과거의 나는 어떤 목소리를 가졌었는지 기억이 잘 나지 않는다. 아마 지금보다는 고왔겠지?

떨리는 마음으로 그녀에게 말을 걸었다.

"저기, 실례지만 여기가 어딘가요?"

"할머니?…… 할머니! 도대체 얼마만이에요! 어쩜 이리 하나도 안 변하셨을까!"

나를…… 안다? 나는 한 번도 그녀와 만난 적이 없지 않은가? 아니, 나를 안다는 건 둘째 치고, 나를 보고 기뻐하고 있다? 아무리 꿈이라지만 이건 너무 당혹스럽다.

기쁨에 눈물이 그렁그렁 맺힌 그녀를 보며 두려움에 뒷걸음을 쳤다.

"할머니, 왜 그러세요?"

"사람 잘못 본 거 같네요."

나는 급히 그 자리를 피했다. 그녀는 그저 안타까운 표정으로 멀리서 나를 바라보고 있었다. 나는 그녀의 시선에서 멀어져 주위를 둘러보고서야, 이곳이 어디인지 알았다.

복지센터.

어릴 때부터 외로운 노인들에게 사랑을 드리고 싶었고, 고아인 아이들을 보살피고 싶었으며, 집 없이 지하철이나 길거리에서 노숙하는 사람들을 보며 도움의 손길을 내밀고 싶어 했던 나의 꿈이 이루어진 공간이다. 목사이신 아버지의 교회를 중심으로 무료급식소와 양로원, 보육원이 모여 있는 마을 같은 복지센터.

40대 중반의 PD인 나는 복지센터 건립을 위해 일찍부터 준비를 시작했고, 드라마 촬영을 끝내자마자 복지센터 건립에 들어갔다. 퇴직하고 복지센터를 지을 생각도 했지만 어려운 사람들을 돕고자 하는 마음이 너무 간절했기 때문에 건립을 늦출 수가 없었다. 경제적 여건이 그리 좋지는 않았지만, 나는 PD활동과 복지센터 건립 둘 다 포기하지 않았다. 복지센터를 운영한다는 것에 목표를 두었던 것이 아니었기 때문에, 건립 후 복지센터는 가족과 다른 사람들이 운영하였고, 나는 시간이 나기만 하면 복지센터에 와 봉사를 하곤 했다.

나는 멀리서 그녀의 모습을 바라보았다. 어렵고 기댈 곳 없는 사람들에게 희망을 나누어 주며 기뻐하는 그녀의 모습. 나도 모르게 나의 두 볼에는 뜨거운 눈물이 흐르고 있었다.

40대 중반의 나는 이렇게 희망을 나누고 있는데, 나는 무엇을 생각하는 걸까. 아프리카에 있는 도움이 필요한 사람들을 등지고 한국으로 돌아갈 생각을 하고 있다니.

아프리카를 떠나겠다며 남편에게 고집을 부리던 나를 생각하니 목이 메여왔다. 눈물을 애써 삼키고 복지센터 이곳저곳을 구경했다. 오랜만에 오래 걸었던 탓인지 다리가 아파 왔다. 나는 잠시 쉴 곳을 찾고 싶었다. 그 때 내 방이 생각났다. 복지센터에 들를 때면 며칠씩 봉사를 하고 갔기 때문에 잠 잘 곳이 필요했다. 그래서 나는 복지센터를 운영하는 사람들의 숙소에 나의 방을 만들었었다. 50대 후반이 되어 아프리카 선교 준비를 하느라 복지센터에 오지 못했기 때문에 방의 위치가 잘 기억나지 않았다. 기억력이 나빠진 탓일까? 나는 기억을 더듬어 나의 방을 찾기 시작했고, 어떤 건물에 들어섰다. 방이 여러 개 있는 것을 보니 이곳 어딘가에 나의 방이 있을 것 같았다. 계속 걷다가 '사랑 나눔'이라고 쓰여 있는 방을 발견했다. 방문의 표지판 옆에는 40대 중반의 나의 사진이 걸려 있었다.

방은 아담하고 예뻤다. 가족 사진과 책들이 눈에 띄었다. 작은 침대와 책상도 있었다. 나는 의자에 앉았고, 책상 위에 있는 수십 통의 편지들을 발견했다. 하나를 뜯어 읽어보니, 장학금 이야기였다. 나는 의자에 앉아 편지들을 하나하나 읽기 시작했다. 보낸 이들은 중·고·대학생이었다. 내용은 하나같이 '장학금 잘 받고 있습니다, 은혜에 감사드립니다' 라는 내용이었다.

"장학금이라……."

장학금에 대한 기억을 떠올리려고 한 그 순간 주위가 온통 까매지며 나의 몸이 떠오르기 시작했다. 너무 놀란 나머지 정신을 잃을 것만 같았다. 나는 놀란 가슴을 진정시키며 심호흡을 하고 두 눈을 꾹 감았다.

달콤한 이야기 둘, 희망을 방송하는 사람

벌떡벌떡 뛰는 심장을 진정시키느라 눈을 뜰 생각도 못하고 있었다. 그런데 갑작스러운 전화벨 소리에 깜짝 놀라 눈을 떴다. 주위를 둘러보니 사무실 같았다. 이상하게도 사람들의 모습은 찾아볼 수 없었다. 다들 어디에 간 걸까. 전화벨이 계속 울리고 있었다. 벽에 '○○○방송국'이라고 쓰여 있는 것을 보고 혼란스러웠다. 사람들을 찾으려고 사무실 입구에서 나왔다. 아래를 내려다본 나는 방송국 입구 앞에서 어떤 남자와 대화를 하는 예쁜 아가씨를 발견했다.

"축하해, 강PD! 난 네 프로그램이 대박 날 줄 이미 알고 있었어!"

"에이, 선배님도! 아무튼, 고마워요. 선배님이 도와주지 않으셨으면 전 이 자리에 있지도 못했을 거예요."

"에이, 내가 뭘 한 게 있다고! 하여간 강PD는 말도 잘 한다니까!"

너무나도 예쁘게 웃는 그녀를 보니 흐뭇했다.

내가 30대에 저렇게 아름다웠구나. 지금의 주름들은 하나도 없네. 한창 열심히 일하던 때였지. 방송프로그램 만들기에 푹 빠진 나머지 자기한테 신경을 안 써준다며 남편한테 꾸중도 들었었는데…….

옛날 생각을 하며 엷은 웃음을 짓고 있을 무렵, 문득 그동안 잊고 살았던 기억의 조각이 되살아났다.

TV 프로그램을 보면서 단지 즐거워하는 것보다 그 TV 프로그램의 이면을 생각했던 나는 방송을 만들어 가는 사람들에게 관심이 많았고, 그 관심은 나의 장래희망으로 이어졌다. 사람들의 마음을 따뜻하게 해 줄 수 있는 프로그램을 많이 만들어 힘들고 어려운 사람들에게 삶의 희망을 심어주고 싶은 마음이 간절했던 나는 PD가 되기 위해 열심히 공부했고, 대학을 졸업하고 노력 끝에 방송국에 입사했다.

그리고 30대 초반의 내가 만든 봉사 프로그램은 입사 후 조연출만 하던 내가 메인 연출을 하게 된 첫 번째 프로그램이었다. 주위의 예상과 달리 프로그램은 대박을 터뜨렸다. 시청자들의 제보로 어려움에 처했거나 형편이 어려운 이들을 찾아가 금전적 도움을 주고 의료봉사를 하는 등 시민의 자발적인 봉사를 주제로 하는 프로그램. 내용은 단순했지만, 세상이 그만큼 힘들고 어려웠던 시기였던 터라 사람들은 이 프로그램을 보면서 희망을 발견했다. 프로그램의 홈페이지 게시판에는 '사람들에게 희망을 찾아주었다' 라는 게시물이 넘쳐났고, 나는 PD로서 이름을 알리게 되었다.

주위 사람들뿐만 아니라, 좀 더 많은 사람에게 희망을 전해 주고 싶었던 나. 희망을 방송하는 것이 즐거웠던 30대 초반의 나의 모습을 생각하니 현재의 내 모습이 부끄럽게 느껴졌다. 나는 아프리카 사람들에게 희망을 전해 주며 돕고 살겠다는 나의 꿈을 포기하려고 한다. 반면에 30대 초반의 나는 열심히 꿈을 향해 달려가고 있지 않은가? 눈앞의 꿈을 바라보고, 희망을 전할 수만 있다면 땀을 흘리며 일하는 것까지 기뻐하는 그 열정. 이미 내 안에서 식어버린 그 열정이 부러웠다.

나는 다시 사무실 안으로 들어와 주위를 돌아보다 그녀의 책상을 발견했다. 책상 위에는 남편과 아이의 사진이 있었다. 행복해 보이는 가족 사진. 그 사진을 보며 웃음 짓고 있었는데,

"할머니, 무슨 일로 방송국에 오셨어요?"

누군가의 부름에 뒤를 돌아보았고, 그곳에는 그녀가 밝게 웃으며 서 있었다. 그런데 나의 얼굴을 유심히 보더니 입가에 웃음을 띠고 있던 그녀의 얼굴이 경직되었다. 그녀는 도저히 믿을 수 없다는 표정으로 나를 바라보았다.

"할머니……?"

이럴 수가. 또 나를 알아본다.

"아가씨……. 나를 알아요?"

"당연히 알죠! 제가 할머니를 어떻게 잊어요!"

"미안……해요."

"네? 미안하다니요?"

“나는…… 나는 잘 모르겠어요. 미안해요 아가씨, 잘 있어요.”

나는 뒷걸음을 치다가 돌아서 이내 달리기 시작했다.

“할머니, 어디 가세요!”

나는 있는 힘을 다해 달렸다. 지금 이 상황을 이해하기에는 너무나 힘이 들었다. 과거의 나를 만날 때마다 그들은 어떻게 나를 아는 걸까. 왜 저렇게 나를 보고 반가워하는 걸까. 나는 어떻게 행동해야 하는 걸까.

그 순간 주위가 까매지는 것을 느낄 수 있었다. 멀리서 그녀가 “할머니!”라며 소리치는 소리가 희미하게 들렸다. 또 다시 나의 몸이 떠올랐다.

달콤한 이야기 셋, 희망의 날개를 펴고 날아가다

눈을 뜨니, 학교처럼 보이는 건물에 들어와 있었다. 이제는 시간과 공간을 이동하는 것이 적응되었다. 그냥 단지, ‘이곳은 어디인지, 어린 나는 몇 살인지, 무엇을 하고 있는지’가 나에게는 관심사가 되어버렸다.

그때, ‘교무실’이라고 쓰여 있는 표지판을 발견했다. 그 안에서 어떤 소리가 들렸다. 나는 문 쪽으로 다가갔다.

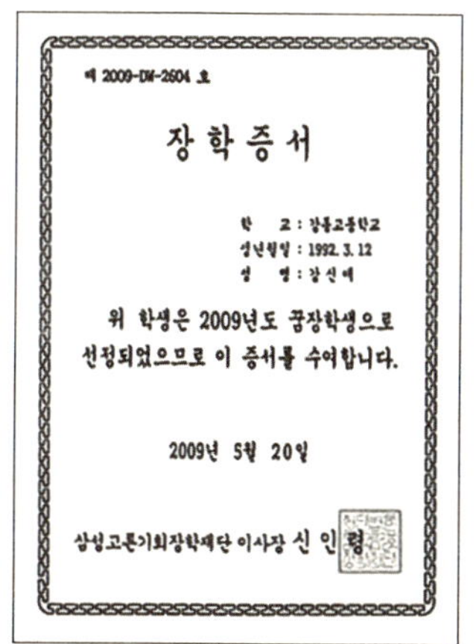

제 2009-DW-2604 호

장 학 증 서

학 교 : 강릉고등학교2
생년월일 : 1992. 3. 12
성 명 : 강신애

위 학생은 2009년도 꿈장학생으로 선정되었으므로 이 증서를 수여합니다.

2009년 5월 20일

삼성고른기회장학재단 이사장 신 인 령

“위 학생은 2009년도 장학생으로 선정되었으므로 이 증서를 수여합니다.”

“감사합니다!”

“축하한다, 신애야.”

선생님께 장학증서를 받는 18살인 나의 표정이 너무나도 환해 보였다. 그 모습을 바라보고 있었는데 머리가 아파 왔다. 마음속에만 담아 두었던 어릴 적 기억이 떠올랐다.

중학교 2학년 때부터 어떤 분의 도움으로 장

학금을 받게 된 나는 고등학교 1학년 말 장학금을 더는 받지 못하게 되었다. 그러나 희망을 잃지 않고 웃으며 지냈고, 기회가 다시 찾아왔다. 고등학교 2학년이 된 어느 날, 나에게는 학급 게시판의 공고문이 눈에 들어왔다. 어떤 기업에서 어려운 형편이지만 꿈이 있는 아이들에게 장학금을 준다는 것이었다. 나는 지푸라기라도 잡는 심정으로 그것을 신청했고, 기도하며 기다린 끝에 장학생으로 선정되었다.

물질적인 어려움이 나에게는 가장 큰 장애물이었지만, 포기하고 좌절할 때마다 나에게는 기회가 찾아왔었다. 물질적인 도움의 영향력은 나에게 큰 용기를 주었다. 나는 꿈을 꾸었고, 열심히 공부하고, 또 열심히 생활했다. 나는 희망을 잃지 않았다. 어려울 때마다 찾아오는 기회 때문에 나는 확신할 수 있었다. 어려움이 생겼다고 좌절해서는 안 된다고. 기회는 언제든지 온다고. 희망을 잃지 말고 나아가자고.

18살의 내가 환하게 웃으며 장학증서를 가지고 교실로 가는 모습을 지켜보며, 나는 마음이 따뜻해지는 것을 느꼈다. 어린 나는 희망을 잃지 않았다. 어떤 어려움에도 좌절하지 않았다. 어린 나는 지금의 내가 아니었다. 힘들다고 금방 포기하고 마는 나약한 현재의 내가 아니었다.

다시 주위가 깜깜해졌다. 나는 기쁜 마음으로 두 눈을 감았다.

눈을 떠 보니, 은행이었다. 은행의 시계를 보니 2008년이라는 글자가 눈에 띄었다.

중학교로 이동할 것 같았는데 1년을 이동했구나. 어린 나는 어디 있지? 왜 은행에 와 있는 걸까.

주위를 둘러보다, 사람들 사이에서 어린 나를 발견했다.

그런데 나는 이상한 것을 발견했다. 40대 중반, 30대 초반, 18살의 내가 웃고 있던 것과는 달리, 17살의 나는 표정이 좋지 않았다. 통장을 유심히 보고 있던 소녀는 금방이라도 울음을 터뜨릴 것만 같았다. 급히 은행에서 나가는 소녀의 뒤를 따라갔다.

소녀는 공원 벤치에 앉았고, 울기 시작했다. 나는 마음이 너무 아픈 나머지, 용기를 내어 소녀에게 말을 걸었다.

"애야, 왜 울고 있니?"

소녀는 나를 빤히 쳐다보더니 이내 눈물을 닦았고, 우리 둘 사이엔 긴 침묵이 흘렀다.

처음 보는 사람이라 경계를 하는구나. 어떡하면 좋지? 말을 꺼낸 건 나인데. 어린 나는 나를 계속 쳐다보기만 하고…… 말을 하지 않겠지? 하긴, 처음 보는 사람인데 말을 해줄 리가 없지.

그런데 소녀가 입을 떼지 않을 거라고 생각한 것과는 달리, 고맙게도 소녀는 천천히 자신의 속 이야기를 털어놓기 시작했다.

"할머니는…… 뭐랄까, 저랑 닮으신 것 같아요. 그냥 제 마음에 있는 이야기를 편하게 할 수 있을 것만 같아요. 저는 경기도 남양주시에서 중학교 2학년 2학기 때 대구로 이사를 왔어요. 그곳에서 형편이 어려워서 대구로 이사를 오게 된 거예요. 그렇지만, 가정 형편은 나아지지 않았어요. 남양주시에서 중학교 2학년 때 어떤 선생님의 도움을 받아 장학금을 받아서 생활했는데, 아까 은행에 가 보니까 통장에 돈이 들어와 있지 않더라고요. 약속된 기간보다 더 많이 받아왔지만, 지금 형편에선 장학금 없이 생활할 수 없을 것 같아서, 그게 두려워서…… 그래서 운 거예요."

어렴풋이 기억이 난다. 통장에 돈이 들어와 있지 않은 것을 보고 난 후의 허망감과 앞으로의 생활에 대한 두려움.

그렇지만, 18살의 나는 장학금을 받게 되지 않는가? 그리고 멋진 PD가 되고, 복지센터를 짓는 꿈을 이루고, 아프리카에서 선교하고 있지 않은가?

"애야, 이렇게 좌절하고 있을 때가 아니란다. 힘들 때에 누가 너를 도와주셨는지 생각해 보렴."

소녀는 힘들었던 생활을 생각하니 슬픈지 또 울기 시작했다.

"그 감사한 도움이 여기서 멈출 것이라고 생각하지 마렴. 그분이 아니더라도 다른 사람이 너에게 또 다른 기회를 줄 거야. 희망을 잃지 마렴. 네가 어려울 때에, 정말 모든 것을 포기할 만큼의 상황이 너에게 오진 않았잖니? 누군가가 너에게 손을 내밀었잖니? 남양주시에서 선생님의 만남도, 그 만남을 통한 물질적인 기회 모두 너에게 그냥 주어진 것이라 생각하지 마렴. 기회를 주신 분들에게 감사하게 생각해야 해. 그 기회는 멈추지 않을 거야. 희망을 잃지 않는다면, 너에게 주어지는 기회는 무한하단다."

나는 내 목에 있던 십자가 목걸이를 끌렀다. 그리고 그 목걸이를 17살의 나의 손에 쥐어 주었다.

"선물이란다."

"네? 할머니, 이건 할머니께 소중한 물건이 아닌가요? 저는 받을 수 없어요."

"내가 주고 싶어서 주는 거야. 사양 하지 말고 받으렴."

"그렇지만……."

"네 모습이 너무 예뻐서 주는 거란다. 힘들고 지칠 때면 이 목걸이를 보고 나를 생각해 주지 않겠니? 이렇게 예쁜 아이가 나를 기억해 준다면 할머니는 소원이 없을 것 같아."

"그럼, 감사히 받을게요."

소녀는 목걸이를 손에 꼭 쥐고 눈물을 닦았다. 그리고 입가에 환한 웃음을 띠며 자리에서 일어났다.

"할머니, 저는 이만 가봐야 해요. 다음에 다시 뵐 수 있겠죠? 그때는 웃으면서 할머니께 인사할게요. 건강하세요!"

소녀는 뭐가 그리 바쁜지 인사를 하고는 멀리 사라졌다. 소녀가 너무 빨리 가버린 것이 아쉬웠지만, 울음을 그치고 밝게 웃는 것을 보니 행복했다.

그 순간, 여태껏 잊고 있었던 사탕이 떠올랐다. 그리고 입 안의 사탕이 작아졌다는 것을 느낄 수 있었다.

아프리카에서 Shasa가 사탕을 주며 한 말이 떠올랐다. 사탕이 다 녹을 때쯤이면 다시 돌아올 수 있을 거라는 말. 아직도 이해할 수 없는 말이다. 꿈에서 깰 수 있다는 말일까? 이 꿈에서 깨고 싶지 않은데……. 좀 더 이 행복한 꿈속을 여행하고 싶다. 꿈나라 여행이라는 말이 바로 이런 것일까? 조금씩 나의 마음이 풍성해짐이 느껴진다. 마음이 따뜻해짐이 느껴진다. 깨고 싶지 않은 꿈, 이제 이 우주선은 나를 어디로 데려갈까?

나는 기대감에 두 눈을 감았다. 주위가 깜깜해지기 시작했다.

달콤한 이야기 넷, 희망의 날개를 달다

눈을 떠 보니 또 다시 학교였다. 아까와는 다른 학교이며, 학교 교무실 안에 들어와 있었다. 기대했던 어린 나의 모습을 발견했다. 중학생으로 보이는 나를 보니 이곳이 어디인지 알 것 같다. 아까 17살의 내가 말했던 경기도 남양주시의 학교이다.

소녀의 앞에는 어떤 선생님이 앉아계셨고, 둘은 이야기를 나누고 있었다. 선생님의 성함을 생각하려고 애를 쓰고 있을 무렵, 중학교 시절의 기억이 떠올랐다.

아버지가 개척교회 목사님이신데다 다섯 남매였기 때문에 우리 집의 형편은 그리 좋지 못했다. 그런데 중학교 2학년, 잘살고 있던 충청북도 진천에서 경기도 남양주시로 갑작스러운 이사를 하게 되었고, 그곳에서 나는 가난함을 느끼지 않을 수 없었다. 아버지는 목회하실 수 있는 공간이 없으셨고, 우리 일곱 식구는 작은 단칸방에서 힘들게 생활했다. 나는 형편이 어려웠지만 좌절하지 않고 활발하게 학교생활을 했다. 힘들수록 웃음을 잃지 않았고, 열심히 공부해야겠다는 생각을 가지고 열심히 달려 나갔다. 그런 나의 모습을 '전명자 선생님'이 예쁘게 보셨는지, 나를 교무실로 부르셨다.

나는 그들이 볼 수 없는 쪽에 앉아 이야기를 엿들었다.

"수업시간에 신애의 눈이 얼마나 반짝반짝 하는지 몰라. 그래서 선생님이 너한테 장학금을 주기로 했어. 내가 주는 건 아니고, 친구가 인재를 양성하는데 선생님이 친구랑 얘기해 봤거든. 그 친구가 선생님 이야기를 듣고 감동을 했는지 너한 테 매달 장학금을 주기로 했단다.”

소녀는 뜻밖의 장학금에 놀란 눈치였다. 그리고 밀려오는 감사함에 눈물을 흘리고 있었다. 나는 오랜 대화 끝에 선생님께 인사를 하고 교무실에서 나가는 소녀를 뒤따라 나갔다.

밖으로 나오자 소녀는 교무실에서 참았던 눈물을 쏟아내기 시작했다. 그리고 감사함에 기도를 하는 듯했다. 펑펑 쏟아지는 눈물의 의미는 ‘감사’와 ‘희망’이었다. 어려운 가정 형편 속에서도 밝게 웃을 수 있는, 희망을 품고 꿈을 포기하지 않고 열심히 공부할 수 있었던 계기의 시작.

나는 사탕이 나에게 무엇을 주었는지를 깨달았다. 선교센터를 포기할 수 없었다. 지금의 어려움이 한계에 다다랐어도 또 다시 이 역경을 극복할 수 있다는 희망이 생겼다. 나에게 기회라는 것이 다시 올 것만 같았다.

과거의 어린 나는 희망을 잃지 않았다. 적어도 지금의 나처럼 나약한 마음을 가지고 있진 않았다. 어린 나에게 주어진 기회는 많았다. 그리고 어린 나는 그 기회들을 놓치지 않았고, 그 기회들에 감사해 하며 난관을 헤쳐 나갔다.

어릴 적의 소중한 기억들과 하나하나의 희망들을 지금의 나는 잊고 살았었다. 사탕은 나에게 지난 과거를 다시 돌아볼 수 있게 해주었다. 단지 과거를 보여주는 것이 아니라 과거의 나와 만날 수 있게 해 주었다.

포기할 수 없다. 아니, 포기하지 않을 것이다. 여기서 포기하기엔, 나에게 주어질 기회가 너무나도 많음이 느껴진다.

그 순간, 달콤한 사탕의 향기가 마지막으로 입안에 퍼지고, 나는 눈을 감았다.

에필로그

눈을 떠 보니 아프리카의 집이다. 행복한 꿈이었다. 다시는 꾸지 못할 것 같아 한편으론 아쉬운 꿈. 하룻밤 사이 나에게 너무나도 많은 것을 가져다준 어느 것과도 바꿀 수 없는 꿈. 행복에 겨워 옆을 바라보니, 남편이 곤히 잠들어 있다.

"여보, 일어나 봐요. 할 얘기가 있어요."

어젯밤 짐을 싸느라 피곤했는지 깨워도 일어나지 않는다. 남편을 깨우기를 포기하고, 서둘러 싸 놓았던 짐을 다시 풀어 정리하기 시작했다.

난 떠나지 않을 것이다.
포기하지 않을 것이다.
희망을 놓지 않을 것이다!

한참 짐을 풀고 있었는데 난 놀라지 않을 수가 없었다. 가방 깊숙한 곳에 낯선 상자가 있었다. 뚜껑을 열어보니, 그곳에는 녹슨 십자가 목걸이가 있었다.

나는 급히 나의 목을 만져보았다. 있어야 할 목걸이가 없다. 오래된 것을 입증해 주는 듯이 낡고 녹슨 십자가 목걸이. 그 옆에는 작은 쪽지가 있었다.

어느 추운 겨울날, 희망을 잃고 벌벌 떨며 울고 있는 작은 새에게 '희망'이라는 큰 새가 다가왔다. 그 큰 새는 내 손에 이 목걸이를 쥐어주었다. 희망을 잃지 말라는 따스한 목소리와 함께……

2008. 12. 11. 일기

지금 내 손에 있는 이 녹슨 목걸이는 내가 '17살의 나'에게 준 것임이 분명했다. 놀랐기보다는 기뻤다. 너무 기쁜 나머지 가슴이 터질 것만 같았다.

꿈이…… 아니었다.

햇살의 눈부심에 창 밖을 바라보았다. 반짝이는 해가 떠오르고 있었다. 힘들고 지쳤던 나의 마음을 다 녹이듯이. 한국으로 돌아가려고 했던 바보 같은 나의 부끄러움을 다 씻어주듯이.

'똑똑'

그때 문 두드리는 소리가 났고, 창 밖을 바라보던 나는 급히 밖으로 나가보았다. Nalo였다. Nalo는 나에게 안기어 활짝 웃었다.

"우리 할아버지가 그러는데 할머니는 오늘 가지 않을 거라고 했어. 아니, 이제 내 곁을 떠나지 않을 거라고 했어."

Nalo는 나의 주름진 얼굴을 작은 손으로 감싸며 나의 두 눈을 쳐다보았다.

"그래, Nalo. 나는 떠나지 않아. 우리 Nalo 곁을 떠나지 않을 거야."

Nalo의 두 눈을 바라보았다. Nalo는 웃고 있었다. 나는 Nalo를 포근히 안아주었다. 이렇게 나를 사랑해 주는 사람이 있는데 바보같이 이곳을 떠나려고 했다니.

"Nalo, 고마워."

"뭐가?"

"할머니를 좋아해 줘서."

"아이, 할머니도 참. 당연한 걸 가지고!"

2년 뒤

"축하해, 여보."

"나도 축하해요."

고개를 들어 바라본 곳은, 완공된 선교센터. Nalo는 기쁜 나머지 폴짝폴짝 뛰어다니고 있었다. 2년 전만 해도 우리 부부를 차갑게 바라보던 사람들은 이제 한 식구나 다름이 없다. 이제 나도 아프리카인이 다 되었다. 새까맣게 탄 나와 남편의 모습이 너무나도 건강해 보인다.

한국으로 돌아갈 생각을 접고 나는 새로운 마음으로 선교활동을 다시 시작했다. 그리고 놀랍게도 동역자를 만나게 되었다. 이곳으로 선교를 온 젊은 목사 부부. 그들은 열정이 넘쳤다. 우리는 가족같이 지냈다. 그리고 몇 달 후, 젊은 목사 부부, 마음을 연 몇몇 아프리카인들, 그리고 우리 부부의 선교센터 건립이 시작되었다. 더운 날씨에도 우리는 포기하지 않았다. 우리가 땀을 흘리며 노력하는 모습에 아프리카인들은 마음의 문을 열기 시작했다. 그리고 선교센터 건립에 동참하기 시작했다. 선교센터가 모양을 갖추어 가면서 아프리카인들과 우리의 사이는 더욱 돈독해졌다. 모두 함께 웃으며, 어려움을 나누며 우리는 하나가 되었다. 건립은 예상보다 빠르게 진행되었다.

안으로 들어와 남편과 식탁에서 마주 보고 앉았다. 작은 라디오에서 아프리카 전통곡이 흘러나오고 있었다. 아프리카인들은 행복하게 웃으며 춤을 추고 있었다. 그 속에서 젊은 목사 부부가 우리에게 웃음을 지었다. 그들은 행복해 보였다. 곧 아기를 출산할 예정이라고 한다.

그 아이는, Nalo처럼 귀엽겠지?

나는 Nalo를 바라보았다. Nalo는 Shasa의 손을 잡고 춤을 추고 있었다. Shasa가 Nalo를 보며 허허 웃더니, 나에게 고개를 돌려 윙크를 했다. 나는 웃음으로 답해 주었다.

"여보, 그때 그 사탕 껍질 기억나지요?"

"사탕 껍질?"

"아이참, 2년 전에요. 한국으로 돌아가지 않을 거라고 말하며 짐을 정리하다 발견한 거요."

"아, 당신이 과거에 다녀왔다는 말도 안 되는 말을 하고 난 뒤 발견한 것 말이오?"

"당신도 참, 아직도 안 믿는 거예요? 나 진짜 과거에 다녀왔다니까요?"

"알았어요, 여보. 그런 표정 하지 마요. 믿어요, 믿어. 근데 그게 왜요?"

"사탕 껍질 안에 무언가 글자가 적혀 있었잖아요. 이상한 지렁이 기어가는 글자가 있기에 처음엔 별거 아닌 걸로 생각했었잖아요. 근데 당신이 혹시 모르니까 간직하라고 해서 간직하고 있었거든요? 근데 알고 보니까 거기에 아주 중요한 뜻이 담겨 있더라고요."

"지렁이 글자! 아니, 아니. 그 아프리카 고대문자! 중요한 뜻이 담겨 있을 줄은 몰랐구려. 그나저나 그 뜻을 알아냈단 말이오? 어떻게?"

"공부 좀 했지요. 아프리카에서 살 건데, 그것도 모르면 말이 되나요? 당신은 나 따라오려면 아직 멀었어요. 호호."

"하여간 우리 할망구는 가끔 귀엽다니까. 그럼 그 중요한 뜻이나 좀 말해 보시구려."

"싫어요. 공짜로는 안 되죠. 당신이 Shasa한테 사탕 얻어서 과거를 한 번 다녀오면 가르쳐 줄게요."

"어이구, 우리 할망구. 그래요, 내 한 번 다녀오리다. 허허."

나를 보며 환하게 웃는, 나이에 안 맞게 장난기 많은 우리 남편.

여보, 나 그 과거 다시 한 번 다녀오고 싶네요. 다시 한 번 '나'와 만나고 싶네요. '나'에게 고맙다는 말을 하고 싶네요. 기회만 된다면……

희망을 품을 수 있다는 것에 감사해라
희망을 잃지 않는다면
네가 간절히 원하는 꿈으로 가는 문은
이미 열려 있는 것이나 다름이 없다

초등학교 4학년 때부터 소설을 쓰는 것을 좋아했기 때문에 '글쓰기는 어렵다' 라는 말보다는 '글쓰기는 재미있다' 라는 생각을 했었는데, 이번 책 쓰기 활동을 통해 '글쓰기는 결코 쉽지 않다' 라는 생각이 머릿속을 채워 버린 것 같습니다. 어쩌면 자만심에 살았던 것인지도 모르겠습니다. 책 쓰기를 하면서 부족한 저의 모습을 너무 많이 봐 버린 탓일까요? 글쓰기는 저에게 더 이상 쉬운 일이 아닌 것 같습니다. 이렇게 생각하니 마음이 아프지만, 한편으론 글을 쓸 때 자만심을 버리고 겸손한 자세로 글을 쓸 수 있을 것 같아 기쁩니다.

문장이 매끄럽지 않아 수정, 표현이 어색해서 수정, 맞춤법이 틀려서 또 수정! 수정에 수정을 거듭하다 보니 빈약했던 저의 글이 화려한 변신을 시작한 끝에 완성에 이르렀습니다. 수정하는 작업이 가장 고달팠지만 완성된 저의 글을 보니 뿌듯합니다. 그러나 걱정이 있는데, 그것은 바로 '내가 말하고자 하는 것이 독자들에게 잘 전달되었을까?' 입니다.

제가 바라는 것은 독자들이 저의 글을 재미로만 봐 주는 것이 아니라, 저의 글을 읽고 '희망' 을 발견해 주었으면 하는 것입니다. 혹시나 지금 힘들고 어려운 이가 저의 글을 읽고 미소를 지어준다면, '희망' 이라는 단어를 가슴 속 깊이 품어준다면, 더 이상의 소원은 없을 것 같습니다.

이 글에 나오는 Nalo와 Shasa의 이름에는 나름대로 뜻이 담겨 있습니다. 아프리카어로 각각 '사랑스러운, 귀중한 물' 이라는 뜻입니다. 주위 사람들의 차가운 시선 속에서 힘들어하는 '나' 를 사랑해 주며, '나' 에게 용기를 심어준 사랑스러운 Nalo. 그리고 '나' 의 희망의 목마름을 사탕이라는 매개체로 채워 주는 귀중한 물 Shasa. 어른이 되어 아프리카 선교를 가게 되면, 이 같은 좋은 인연들을 만들고 싶습니다.

저는 꿈이 많은 욕심꾸러기입니다. 이 글은 저의 행복한 욕심으로 가득 차 있습니다. PD가 되어 희망을 방송하고 싶고, 복지센터를 건립해 어려운 이들을 돕고 싶고, 공부를 하고 싶지만 형편이 어려운 학생들에게 물질적으로 도와주고 싶고, 아프리카 선교를 떠나 아프리카인들을 돕고 싶은 너무나도 행복한 욕심! 이런 행복한 욕심을 가지고 있다는 것이 정말로 감사합니다. 독자분들도 각자의 행복한 욕심을 가졌으면 하는 마음입니다.

이 글은 저의 가장 큰 보물이 될 것입니다. 새하얀 머리카락에 주름진 얼굴로 이 글을 읽으며 웃음 짓고 있을 저의 모습을 상상해 보니 행복합니다.

내게 말해봐
박선미

"드르륵"

"수업 시작했는데 뭐해. 전부 자리에 앉아!"

책상에 엎드려 한참 단잠을 즐기고 있던 소녀의 얼굴은 선생님의 목소리가 들리자 절로 구겨진다.

'시끄럽네. 왜 저렇게 큰소리로 말해?'

"자! 전부 눈 뜨고 얼른 책 꺼내."

'오늘도 또 시작이야? 아, 짜증나 진짜.'

수업이 한창. 선생님은 앞에서 칠판에 판서 중이고, 주변의 아이들은 모두 열심히 칠판에 적힌 내용을 옮겨 적고 있다. 역시나 저기 보이는 우리 학교 우등생은 눈까지 빛내가며 부지런히 적고 있다.

'쯧쯧, 저런 게 나중에 무슨 도움이 된다고 저렇게들 열심인지.'

아이들을 구경하는 것도 지겨워진 소녀는 다시 책상에 엎드렸고 소녀가 한참 자는 사이 수업이 끝났다.

"딩동 댕동"

시끄럽게 울리는 종소리에 깬 소녀의 부스스한 머리를 선생님이 툭툭 건드리며 안 그래도 자다 일어나 기분이 좋지 않은 소녀의 신경을 건드린다.

"잘 자네, 윤하연. 매일 이렇게 엎어져 있으니까 점수가 그 모양으로 나오지. 할 말 있으니까 잠깐 따라 나와."

'하, 또 무슨 말로 사람 짜증나게 하려고.'

또 한참 잔소리를 늘어놓을 선생님을 생각하며 다시 한 번 구겨지는 소녀의 얼굴.

"터벅터벅"

하루가 끝난 지금. 소녀는 오직 희미한 가로등 불빛만이 겨우 앞을 분간할 수 있게 해주는 어두운 길을 걸어간다. 마치 소녀의 마음과도 같이, 끝이 보이지 않는 어둠이 내려앉은 길. 그리고 머릿속에서 잊혀지지 않는 선생님의 말. 아무리 잊으려고 해봐도 선생님이 한 말이 머릿속을 떠나지 않는다.

"윤하연! 성적이 이게 뭐야? 왜 이렇게 많이 떨어졌어?"

"……."

"내가 너 수업시간에 매일 그렇게 엎어져 잘 때부터 알아봤다."

"……."

'내 성적에 내가 가만히 있는데 당신이 왜 그렇게 흥분이야?'

"성적이 이렇게 많이 떨어져서 되겠어? 나중에 원서 쓸 데 없어! 벌써 고2인데 얼른 정신 차리고 공부 해야지!"

"공부 하고 있는데요."

"하는데 이 모양이야? 나중에 뭐하려고! 선생님이 매일 말하는 대로 하고 있어? 매일 단어 외우고 수학은 말이야, 기초가 중요하다고 항상 말하잖아……."

나중에 뭐하려고! 나중에 뭐하려고!

나중에 하고 싶은 거…….

선생님의 말을 떠올리면서 소녀는 그런 게 무슨 소용이냐고, 다 필요 없다고 생각하고 싶었지만, 마음 한구석의 씁쓸한 기분을 숨길 수 없었다.

'나중에 하고 싶은 게 다 이루어지는 것도 아니잖아……. 그러니까 머리 아프게 벌써부터 생각할 필요 없어.'

"다녀왔습니다."

……

'있을 리 없지.'

이젠 소녀도 이 어둡고 적막한 아무도 없는 집에 익숙한 듯 아무렇지 않게 씻고 의자에 주저앉아 컴퓨터를 켰다.

"윙"

한참 게임에 몰두하고 있는데 문이 열리는 소리가 들렸다.

"끼익"

'엄마가 벌써 왔나? 빨리 왔네?'

평소보다 빨리 돌아온 엄마가 반가운 마음에 소녀는 밖으로 나가려고 방 문고리를 잡았다. 그때, 밖에서 들려오는 소녀에게 익숙한 소음.

"당신이 그런 식으로 하니까 일이 항상 이 모양이잖아!"

"뭐 잘 했다고 큰 소리야!"

"내가 이렇게는 못 살아. 이럴 거면 차라리 헤어져!"

'시끄러워…….'

소녀는 평소처럼 침대 위에서 이불을 뒤집어쓰고 그 속에서 끔찍하고 짜증나는 이 시간이 빨리 지나가기를, 이 악몽에서 어서 깨어나기를 기다린다.

'왜 나한테만 이런 일이 생기는 거야! 내가 원해서 이런 곳에 태어난 것도 아닌
데. 내가 뭘 그렇게 잘못했어! 왜 나만……. 지겨워. 지겨워!'

어느덧 조용해진 바깥.

엄마가 일찍 와서 반가웠던 마음은 이미 모두 사라진 소녀는 이불에서 나와 다
시 컴퓨터를 하려고 책상 앞에 앉았다.

'? …… 아까는 저런 거 못 봤는데.'

책상 위에는 소녀가 본 적이 없는 책 한 권이 놓여 있었다. 이상하게 여겨 그 책
에 가까이 다가간 소녀의 눈앞에 보이는 건 펼쳐진 책에 적혀 있는 한 문장. 그 문
장을 본 소녀는 놀라운 마음을 감출 수 없었다.

'누가…… 나 좀 도와줘.'

책장을 아무리 넘겨도 아무것도 적혀 있지 않은 책의 첫 장에는 저 거슬리는 문
장 하나만 적혀 있다.

무슨 일 있어? 힘들어? 속으로만 답답해 하지 말고 많이 힘들면 여기 한 번 적
어봐.

'이게…… 뭐야?'

소녀는 당황스러운 마음에 얼른 책을 덮어버렸다. 그리고 지금 일어난 일을 이
해해 보려 머리를 굴려보았지만 이 상황을 도저히 이해할 수 없었다. 혹시나 하는
마음에 다시 책을 펼쳐보자 아래에 다른 문장이 나타났다.

왜 아무것도 안 쓰고 있어? 가슴 속에 담아 두지만 말고 고민 있으면 적어 봐.
혹시 알아? 여기 적으면 네 가슴 속의 답답한 게 뚫릴지.

계속해서 일어나는 이 기이한 현상에 소녀의 머리는 혼란스러웠다. 지금 무슨 일이 일어나고 있는 거야?

'…… 고민을 한번 털어놔 보라는 것 같은데…… 한번 적어볼까? 별 도움도 안 되는 '공부 해라' 는 말로 끝나는 선생님과의 상담보다야 낫겠지.'

내가 요즘 힘든 일이 많아. 엎친 데 덮친 격이라고 안 좋은 일이 계속 겹쳐서 일어나. 고민 해결을 한번 해주겠다는 것 같은데. 음…… 우리 부모님은 사이가 별로 안 좋아. 좀 심하다 싶을 정도로. 우리 엄마 아빠도 처음엔 다른 부모님들이랑 별 다른 점 없었는데, 2년 전에 아빠가 사기를 당해서 하던 일이 안 좋아진 이후로 점점 싸우는 횟수가 늘었어. 요즘은 거의 매일 싸우는 거 같아. 지금 생각 같아선 저렇게 매일 싸우기만 할 거면 헤어지는 게 더 좋을 것 같다는 생각도 들어…… 자식이 이런 생각이나 하게 만들고.

그동안 많이 답답했겠네. 속상했겠어. 그동안 혼자서 이 무거운 짐을 지고 있었던 거구나. 차라리 부모님이 이혼하면 좋겠다고 생각할 만큼 부모님이 밉고 이해가 안 될 수 있어. 이런 생각들이 너무 힘들 거야. 하지만, 네가 이런 일로 너무 괴로워하지 않았으면 좋겠어. 그냥 좀 더 가볍게 생각해서 네가 부모님을 화해시켜 드리는 건 어떨까? 마음 편하게 먹고 부모님과 대화를 시도해 볼 수 없을까?

내가 말한다고 뭐가 달라지겠어. 예전엔 나도 몇 번 말려보기도 하고 얘기도 해보려고 했었는데 잠깐 괜찮아지는 듯하다가도 결국은 다시 싸우고. 내가 한 일은 다 소용없었어.

'이젠 엄마 아빠 문제에 눈 돌리고 싶지도 않아.'

아마 부모님이 바로 변하진 않을 거야. 하지만, 서로가 대화를 하려는 시도 자체가 중요한 거 아닐까? 지금까지 가족끼리 진지한 대화를 나눠본 적이 몇 번이

나 되겠어? 시도만으로도 서로 조금은 마음을 열게 될 수 있고, 그러다 다시 화목한 가정이 될 수 있지 않을까?

그리고 물론 지금 부모님도 너에게 크고 중요한 문제지만 그것보다도 더 중요한 건 너의 삶과 꿈이란 걸 알았으면 좋겠어. 부모님과 너의 상황을 계속 원망하다가 너를 잃지 마. 지금 너에게 주어진 시간을 소중하게 보내면서 미래를 생각하면서 그렇게 살아. 너도 분명히 하고 싶은 것, 미래에 이루고 싶은 것이 있잖아?

하고 싶은 거…… 내가 미래에 이루고 싶은 것들을 생각하면서 꿈을 꾼다는 건 지금 내가 처해 있는 상황에서는…… 힘들 거 같은데. 내가 뭘 해보려 해도 당장 눈앞에 너무 큰 장애물이 있는데. 내가 어떤 꼴인지 알아? 나 지금 남들은 다 다니는 학원도 못 다녀. 매일 돈 때문에 힘들어하는 부모님 얼굴 보고 있으면 교통비 달라는 말도 못하겠어. 너무 미안해서. 이런 상황에서 내가 뭘 할 수 있어?

'난 왜 이런 곳에 태어났을까…… 내가 하고 싶은 것도 마음껏 못하는 이런 곳에. 원하는 게 있는데…… 하고 싶은데…… 나도 한번 해보고 싶은데.'

내가 공부 같은 거 해서 뭐해. 나한텐 미래라고 할 만한 게 없는데. 그냥 나중에 적당히 아무 일이나 하면 돼.

미래를 향해 노력해서 앞으로 나아가고 싶은데 그게 현실이란 벽에 부딪히게 되니까 정말 속상했을 것 같아. 아니 정말 속상했구나. '왜 이런 집에 태어나 남들다 다니는 학원에도 마음껏 다니지 못하는 걸까. 분명히 답답하고 원망스러울 수있어. 하지만, 그런 답답함과 원망을 계속 품고 있었기 때문에 네가 꿈을 잃게 된것 아닐까? 계속 너의 상황을 원망하면서 난 해도 안 될 거란 생각을 계속 해왔기때문에, 결국 꿈은 연기처럼 사라져 버리고 그것 때문에 네가 인생을 너무 허무하게 느끼는 것 같아. 네가 겨우 이런 이유 때문에 꿈을 잃게 돼서, 그래서 이렇게 괴로운 거라면 더더욱 이루고 싶은 꿈에 대해 생각해. 네가 평생 이루고 싶은 꿈이 뭐야? 넌 어떤 꿈을 가지고 있어?

예전의 너를 떠올려 봐, 꿈이 있던 시절의 너를 한 번 떠올려 봐.

'꿈이 있던 시절의 나…….'

"하연아, 오빠 어때? 어울려?"

"와, 오빠 멋있어. 꼭 박사 같아! 나도 입어볼래."

"너한텐 너무 큰 거 같은데."

"치사하게."

"오빠는 이제 들어가 봐야 되는데 같이 들어가 볼래?"

"응! 들어가 볼래."

어린 시절의 나는, 하얀 가운을 입고 있는 오빠의 모습에서 만화 영화에서 본 박사의 모습을 떠올리며, 나도 입게 해 달라고 매일 오빠에게 조르곤 했었다. 그리고 오빠를 따라 들어가 본 연구실에는 어린 나에겐 온통 신기한 것들 투성이었다. 방금 텔레비전에서 튀어나온 것 같은 연구실과 기구들. 그리고 집중해서 뭔가를 하는 연구원들의 모습. 그때 그런 모습들을 보면서 언젠가는 나도 꼭 이곳에 와서 이곳의 일부가 되고 싶다는 생각을 했다. 어린 시절의 이 경험이 내가 연구원이라는 꿈을 품게 된 첫 계기였다.

"하연이는 꿈이 뭐야?"

"연구원이요!"

"연구원? 어떤 일을 하는 사람인지 알고 있어?"

"그냥 뭔가를 연구하는 사람……."

"이런 것도 확실하게 대답 못하고. 왜 연구원이 되고 싶은 건데?"

이 말을 들었을 때 나는 잠시 멍해 있을 수밖에 없었다. 생각해 보면 나는 어린 시절에 본 연구실에 대한 막연한 동경 때문에 연구원이 되고 싶어 했을 뿐, 정말 그 직업이 어떤 일을 하는지 어떻게 하면 될 수 있는지 전혀 몰랐다.

'왜 연구원이 되고 싶은 건데?'
난 이 질문에 대답할 수 없었다.
내가 왜 연구원이 되고 싶은지 깊게 생각해 본 적 없었으니까…….
하지만 더이상은 이렇게 있을 수 없다는 생각에 내 나름대로 여러 가지를 알아 보기 시작했다. 인터뷰도 '내가 연구원이 되려면 어떻게 해야 할까.' 라는 질문에 답하기 위해 하게 된 것이었다. 인터뷰를 통해 연구원이라는 직업에 대해 많은 것을 알게 된 나는 이후, 그 직업에 더 큰 매력을 느끼고 나의 꿈을 향해 열심히 달려 나갔다.

하지만……

"엄마, 아빠 요즘 회사 안 가?"
"곧 나가실 거야, 그러니까 신경 쓰지 말고 공부 열심히 해."
'…… 무슨 일 있나?'

"다녀왔습니다."
"왔어? 수고했어."
"엄마, 근데 선생님이 이번 달 학원비 안 냈다던데, 빨리 내."
"…….
"하연아, 당분간만 집에서 혼자 공부하면 안 될까?"
"응?"
"미안해…….
"

그제야 난 우리 집 형편을 알게 됐다. 아빠가 다니던 회사가 어려워져서 더는 일할 수 없게 되었단 것을. 슬픈 얼굴로 미안하다고 말하는 엄마에게 난 아무 말도 할 수 없었다. 그때부터 혼자 공부하기 시작했지만, 성적은 내려갔으면 내려갔지 올라가는 일은 없었다. 책상 앞에 앉아 책을 보려고 해봐도 내 마음처럼 답답하게 좁아져 버린 집을 보고 있으면 가슴 속에서 알 수 없는 뭔가가 올라와서 너무 힘이 들었다. 사고 싶은 것이 있어도 언제나 힘들어 보이는 부모님의 얼굴을 보고 난…… 아무 말도 할 수 없었다. 끝이 보이지 않는 긴 터널 같은 나의 현실에 점점 의욕을 잃게 됐고 아무것도 하지 않게 됐다.

"쨍그랑"
"이게 뭐 하는 짓이야!"
"돈도 제대로 못 벌어오는 주제에."

'아 , 또 싸운다.'
소녀는 평소처럼 이불 뒤집어쓰고.

"뭐라고? 이게 진짜!"
"어디서 큰소리야! 뭐가 잘났다고!!"

귀 막고 눈 감고……

"끝내! 이렇게 못살아 당장 끝내!"
"누가 못할까 봐!"

'제발 내일은 이 악몽에서 깨어나게 해주세요.'
……
'차라리 내일이 오지 않게 해주세요.'

매일 반복되는 끔찍한 일상들. 지옥 같은 날들이 계속되고 난 절망적인 현실 때문에 내 꿈을 잃었다.

'…….'

나도 내가 이루고 싶은 꿈이 있었어! 하지만 그게 무슨 소용이야? 내가 뭘 해보려고 해도 답답하게 좁아져 버린 집이, 밖에서 들리는 소음이,
이 짜증나는 가난이 날 방해해. 자꾸 내 발목을 잡아!
그래서 내가 아무리 원해도 이룰 수 없단 말이야!

그래서 넌 계속 네 주변의 아픔만 보고 한탄하면서 원망만 할 거야?
앞으로도 그 자리에 서 있기만 할 거야? 그러지 마. 지금 당장 네 꿈을 향해 움직이지 못 할 수 있어. 하지만 네가 할 수 있는 선 안에서 포기하지 않고 노력하다 보면 네 꿈을 향해 조금씩 전진할 수 있지 않을까?

마라톤을 한 번 떠올려 봐. 여러 명의 선수가 같은 지점을 향해 열심히 달려 나가지? 선수들 중에는 처음부터 빠르게 달려 나가는 선수가 있는가 하면, 비록 처음에는 느리지만 마지막에 스피드를 내서 결승점에 도달하는 선수도 있어.
처음에는 네가 학원을 다니는 아이들보다, 환경이 너보다 좋은 아이들보다 느릴 수 있어. 하지만 마지막까지 결코 '희망'이란 끈을 놓지 않고 꾸준히 결승점을 향해 달려 나간다면 분명히 누구보다 멋지게 완주를 해낼 수 있을 거야. 넌 할 수 있어. 절대 포기하지 마.
하지만 모든 걸 놔버린 사람은 앞으로도 계속 끝이 보이지 않는 터널을 걸어나가겠지. 넌 그러지 마. 절대 포기해선 안 돼.

‘포기하지 마, 내일부턴 좀 더 다르게 살아가는 거야. 네가 꿈을 좇고 있던 그 시절로 돌아가서 다시 열심히 하는 거야. 알겠지?’

‘………….’

‘그럼 내가 선물을 하나 두고 갈 테니까 힘들거나 지칠 땐 그거 보면서 다시 힘내서 열심히 하는거다!’

‘……응. 나 다시 해볼게…….’

“앗!”
번뜩.

주위를 둘러보니 창 밖에는 벌써 아침 햇살이 쏟아져 내린다. 소녀는 주위를 두리번거려 보지만 흐트러진 침대도, 책상도 모두 변함없이 자기 자리를 지키고 있다. 소녀는 어리둥절해 하며 조금 전까지 있었던 일이 꿈인지 현실인지 구별할 수 없었다.

‘맞다!’

소녀는 고개를 돌려 책이 놓여 있던 책상 위를 봤지만 그곳에 책은 더 이상 놓여 있지 않았다. 하지만 그 대신 책상 위에는 종이 한 장이 놓여 있었다. 그걸 본 소녀는 놀라움과 기쁨을 숨길 수 없었다. 그 곳에는 그림 한 장이 놓여 있었다. 아주 멋진 연구원이 되어 일에 몰두하고 있는 소녀의 모습이 그려진…….

“꿈이…… 아니었어? 꿈이 아니야!”

“다녀오겠습니다.”

어제와 같은 시간, 어제와 같은 길, 어제와 같은 복장, 매일 해오던 똑같은 일. 하지만 오늘은 평소와 좀 다르다. 지금 소녀는 가벼운 발걸음으로 학교를 향하고 있다. 그 어떤 때보다 상쾌한 얼굴로. 소녀의 미래를 가방 속에 넣고서…….

“지켜봐 줘. 난 이제 내 꿈을 놓지 않아.”

이 책을 쓰기 위해 동아리 아이들이 쭉쭉 개요를 작성해 나갈 때 전 뭘 해야 할지 도저히 알 수 없었습니다. 다른 아이들은 자신의 꿈을 확실히 알고 모두 꿈을 위한 글을 써나갔지만, 그 당시 저에겐 꿈이라고 부를 만한 것이 없었기 때문입니다. 꿈에 대해 계속 생각을 해왔지만 고민을 하면 할수록 머릿속은 점점 복잡해져 갔습니다.

그런 와중에 인터넷 상담을 하게 되었습니다. 비록 화면에 떠오른 몇 줄의 글이었지만 힘들었던 저에겐 큰 힘이 되어주었습니다. 그리고 그 상담실에서 저 외에 다른 아이들의 고민을 알게 되었습니다. 많은 아이들이 진로, 가정, 금전적인 어려움 등의 문제로 많이 힘들어 하고 있었습니다. 이 책의 '윤하연'이란 아이는 상담실에서 본 아이들이 가지고 있는 고민과 비슷한 고민을 가지고 있는 아이입니다. 제가 컴퓨터의 글을 보고 도움을 받았듯이 제 글이 다른 누군가에게 미약하게나마 도움을 줄 수 있다면 좋겠습니다.

처음으로 돌아가기

최영주

당신이 이제껏 정신없이 달려오느라 놔두고 온 게 있다면
지금이라도 처음으로 돌아가 다시 진정한 꿈과 목표를 찾을 줄 아는 자세를 가져라

"안녕하십니까. 9월 7일 월요일 GBC 9시 뉴스입니다. '무담보 소액대출' 이라는 원칙에 따라 운영되는 방글라데시의 '그라민 은행(방글라데시의 은행, 무하마드 유누스가 빈곤 퇴치의 일환으로 1983년 법인으로 설립, 빈민들에게 담보 없이 소액대출을 제공하여 빈곤 퇴치에 이바지한 공으로 그라민 은행은 2006년 유누스 총재와 함께 노벨 평화상 공동 수상자로 선정되었다.)' 을 모델로 한 은행이 우리나라에도 생겨, 이 은행이 서민들이 웃는 경제를 만들어나갈 수 있을지 기대를 모으고 있습니다. 심연희 기자가 현장을 취재했습니다."

"네, 심연희 기자입니다. 현재 이곳은 한국판 그라민 은행인 '희망을 키우는 은행' 을 설립하여 최근에 화제가 된 박준기 은행장의 회견장이며, 인터뷰를 하러 몰려온 기자들로 붐비고 있습니다. 그럼 직접 박준기 은행장의 회견 내용을 들어보도록 하겠습니다."

"빈곤층에게 큰 용기와 희망을 가져다줄 수 있는 은행! 희망을 키우는 은행(편의상 희망은행이라고 불리기도 한다.)을 설립하게 된 박준기 은행장입니다. 저희 희망은행은 말이죠, 그라민 은행과 마찬가지로 무담보 소액대출을 기본 원칙으로 하며, 단지 돈을 빌려주는 것뿐 아니라 가난한 이들이 스스로 가난에서 벗어날 수 있게 자립하도록 도와줌으로써, 가난한 사람들의 잠재력을 개발하고 용기를 키워주는 데에 일조하고 있답니다. 이러한 점에서 저희 희망은행의 대단한 의지와 신념을 느끼실 수 있을 것으로 생각합니다. 또한, 저희 은행의 자금은 기부로 들어오는 돈을 바탕으로 합니다. 그래서 은행 자립에 쓰일 돈을 굳이 대출자로부터 얻지 않고, 그 결과 대출 금리는 낮은 편이지요. 전 항상 수익극대화만을 최대 목적으로 하는 상업은행으로부터 제대로 된 도움을 얻지 못하는 서민들을 보며 안타까움을 느꼈습니다. 가난한 사람들에겐 그만큼 저금리로 쉽게 소액을 대출받을 수 있는 혜택을 줘야지요. 그런데 드디어 제가 그런 일을 할 수 있는 은행을 설립했다니……. 너무도 자랑스럽고 영광스러울 뿐입니다. 하하하…….”

“경제일보 신문기자 진현욱이라고 합니다. 전직이 유능한 회계사이셨던 걸로 알고 있는데, 왜 회계사에서 은행설립자가 되겠다는 생각을 하셨나요?”

“네, 물론 저는 회계사로 재직하면서도 일명 ‘자본주의의 파수꾼’이라는 멋진 직업으로 사회에 큰 도움이 되었기 때문에 저 자신이 매우 자랑스러웠고 그 일에도 만족했습니다. 그러나 제가 어릴 때부터 늘 머릿속에 담아두었던 ‘꿈’은 이러한 은행을 설립하는 것이었어요. 언제부턴가 빈민층들이 실질적으로 쉽게 지원받을 수 있는 체계가 마련되어야 한다고 생각하면서, 제가 거기에 도움이 되고 싶다는 꿈을 갖게 되었습니다. 전 지금도 어떻게 하면 제가 우리 사회에 조금이나마 좋은 영향을 미치는 사람이 될 수 있을까 하는 생각뿐이랍니다.”

시끌벅적한 기자들 소리, ‘찰칵찰칵’ 카메라 플래시 터지는 소리로 진을 친 그 현장의 중심엔 준기가 매우 흐뭇한 표정으로 앉아 있다. 준기는 자신이 이러한 자리에 주인공으로 앉아 있다는 사실이 무척이나 뿌듯했다.

이때 김 비서가 준기에게 조용히 다가와 귓속말로 소곤거렸다.

“이제 기자들한테 은행장님께서 평소에 은행을 자주 방문하고 관심을 둔다는 걸 보여 드려야 할 때인 듯싶습니다만…….”

"그래…… 그러는 게 좋겠군."

준기는 고개를 몇 번 끄덕이더니 마이크에 대고 기자들을 향해 입을 열었다.

"자, 그럼 여기서 기자회견을 마치도록 하죠. 전 이만 저희 은행을 방문하러 가겠습니다. 이렇게 많이들 관심을 두시고 직접 찾아와 주셔서 감사드립니다. 꼭 기대에 부응하는 더욱 훌륭한 은행으로 거듭날 수 있도록 노력하겠습니다. 다음엔 더욱 발전한 모습으로 여러분을 찾아뵐 수 있을 거라 확신합니다. 앞으로도 많은 관심 부탁하겠습니다."

준기가 회견을 끝내고 건물 밖으로 나오자 준기를 위한 고급 승용차 한 대가 대기하고 있었다.

은행 문을 열고 안으로 들어가자, 은행에는 마침 대출을 하러 온 고객이 2명 있었다. 그 중 한 사람이 먼저 눈에 띄었다. 거무튀튀한 피부에 덥수룩한 수염, 최소한 한 달은 감지 않아서 아무렇게나 엉겨 붙은 머리카락, 심지어 저절로 미간이 찡그려질 만큼 역한 냄새까지 풍기는 이 중년의 남자. 마치 새하얀 스케치북에 실수로 까만 물감이 보기 싫게 튄 듯, 그는 눈이 부실 정도로 윤기가 나는 흰 바닥 타일 색과 완벽한 부조화를 이루어내고 있었다.

딱 봐도 거지꼴을 한 그는 은행 직원을 붙잡고 호소하듯 말을 걸고 있었다.

"아가씨, 지금 내 꼴이 보다시피 참 우습게 됐지요. 그렇다고 원래부터 내가 이렇게 인생에 실패한 낙오자로 살았던 건 아닙니다. 이래봬도 내가 왕년에는…… 잘 되진 않았지만 그렇다고 망할 만큼 어렵지도 않은 공장을 그럭저럭 운영하고 있었는데……. 마른하늘에 날벼락이라더니 어느 날 갑자기 글쎄 불이 우리 공장을 확 덮쳤다는 전화가 왔지 뭡니까. 깜짝 놀라 부랴부랴 달려 가봤더니 정말 보통 화재가 아니더군요. 공장엔 불길이 걷잡을 수 없이 활활 타오르고 있었고, 심지어 몇몇 직원들은 차마 불을 피하지 못한 채 공장 안에 갇혀 있다고 하더군요. 다시 떠올려도 몸서리처질 만큼 너무 두렵고 앞이 막막했습니다. 공장은 몽땅 타

버렸고 도저히 어떻게 일으켜 볼 엄두가 나질 않았습니다. 결국엔 빚더미에 제대로 깔리게 되어버렸지요……. 날이면 날마다 찾아와선 행패를 부리고 가는 빚쟁이들 때문에 마누라와 자식 놈들은 결국 저와도 연락을 끊고 어딘가로 사라져 버렸습니다. 나도 그때부터 술에 찌들어 지내다 보니 몸도 마음도 만신창이가 되고 결국엔 이 지경까지 이르러 노숙생활을 전전하게 됐지요……. 아가씨가 들어봐도 내 인생이 참 지독할 만큼 험난하지 않습니까? 내가 이렇게 푸념만 늘어놓는 게 달갑게 느껴지진 않겠지만 내 딱한 사정 좀 듣고 도와달라는 뜻에서 이렇게 간곡히 부탁 좀 하겠습니다……. 내 사실은 이 신문을 보고 찾아왔습니다. 가난한 사람들을 위해 무담보로 돈도 빌려주고 잘 도와준다기에……. 이번 한 번만 도움을 주시면 다시 한 번 열심히 살 자신이 있는데……. 나 같은 사람한테도 정말 담보 없이 돈을 빌려줄 수 있는 건가요? 내 딸도 아마 지금쯤이면 아가씨만큼 자라 있을 텐데……. 이제라도 열심히 생활해서 좋은 모습으로 우리 딸 앞에 나타날 수 있게 좀 도와주실 수 있겠습니까…….”

어느새 노숙자의 두 눈 가득 눈물이 고여 있었다.

“네, 그럼요! 당연히 대출 해드려야죠, 고객님. 그게 저희 은행이 내세운 원칙이거든요. 얼마나 몸고생, 마음고생이 심하셨을까……. 이제 저희 도움을 받으시면 다시 행복한 삶을 되찾으실 수 있을 거예요.”

은행 직원은 자부심에 찬, 그리고 약간은 동정어린 목소리로 친절히 대답했다. 그때 뒤에서 노숙자와 은행 직원의 대화를 잠자코 듣고 있던 여고생이 자리에서 일어났다.

“저기…… 저도 내세울 수 있는 담보가 없어요. 게다가 보시다시피 제 신분은 고등학생이에요. 우리 가족은 엄마, 남동생 2명, 저까지 포함해서 네 식구에요. 우리 가족의 유일한 수입원이셨던 엄마께서 식당에서 일을 도우시다가 허리를 다치시는 바람에 우리 가족은 당장 먹고살 돈이 끊어졌어요. 정부 보조금만으론 네 식구가 정상적으로 살아가기에 턱없이 부족하구요. 어서 저희 엄마가 치료받으셔야 하지만 수술비는커녕 생활비도 빠듯한 형편이에요. 이 은행이라면 우리 가족에게 정말 희망을 가져다줄 수 있을 거라 믿고 찾아왔어요. 저희 엄마 수술비만이라도 어떻게 대출할 수 있을까요? 지금 대출을 신청하러 올 수 있는 식구가 저 말곤 없어서 학생이지만 이렇게 찾아왔어요."

"학생! 걱정하지 말고 이리 와 앉아볼래요? 여기 이 종이만 우선 작성……."

"에헴!……."

상황을 지켜보던 준기가 더 이상은 참지 못하겠다는 듯이 눈살을 찌푸리며 헛기침을 했다. 불쾌한 기색이 역력히 드러난 헛기침 소리로 분위기를 제압하는 준기에게 온 직원의 시선이 쏠렸다. 곧 준기는 박 과장에게 안으로 들어오라는 눈짓을 하며 회의실로 들어갔다.

조금 뒤, 아무렇지 않은 얼굴로 회의실에서 나온 박 과장이 대출자들에게 소리쳤다.

"거기, 노숙생활 하셨다는 아저씨, 그리고 학생! 다들 정말 본인들이 대출할 자격이 있다고 생각하고 버티는 겁니까? 죄송하지만 저희 은행은 당신들께 대출을 해 드릴 수 없습니다. 직원들이 아직 잘못 교육받은 부분이 있어 혼란을 끼쳐 드렸나 본데, 그 점은 사과드리겠습니다. 그러니 이제 그만 나가주시죠."

"네? 아니 그게 무슨 말입니까? 화장실 들어갈 때랑 나올 때가 다르다더니, 어떻게 사람 말이 바뀌어도 그렇게 180도 바뀔 수 있단 말입니까……. 방금 전까지만 해도 분명히 도움을 줄 수 있다고 했잖습니까?"

"아무리 저희가 가난한 분들께 도움을 드리고 저금리로 대출해 드린다고는 하지만 전혀 능력 없어 보이는 사람들에게만 펑펑 대출 해드리다가는 곧 은행 문을 닫을 수밖에 없죠. 아예 직업도 없는 분이나 대출 대상도 아닌 학생들이 찾아와서 뭘 어쩌겠다는 겁니까? 게다가 아시다시피 저희 은행에선 기금을 바탕으로 운영합니다. 그런데 아직 은행이 설립된 지 얼마 되지 않아 기부금도 넉넉하지 못한 실정이에요. 죄송하지만 이제 그만 나가주세요. 이제 점심 때도 끝난 지 꽤 돼서 사람들도 많이 올 텐데 자꾸 저희 입장 좀 난처하게 만들지 말아 달라구요. 누군들 이렇게 하고 싶어서 이러겠습니까? 위에서 말하는 운영 방침에 따를 뿐이지……. 꼭 이렇게 힘들고 어려운 사람들은 억척스러운데다 이기적이고 생각까지 부족하단 말이야. 아유, 나 원 참……."

박 과장은 어쩔 수 없이 떠맡게 된 악역에 자신도 짜증이 난다는 듯 투덜거렸다.

"아니, 뭐요? 그래⋯⋯. 나 같은 노숙자 주제에 대출하겠다고 찾아와서 잠깐이라도 희망을 품은 게 잘못이지! 이봐요, 학생. 여기도 일반 은행이랑 별반 다를 게 없나 본데 괜한 헛수고는 관두고 그만 나가는 게 좋겠네!"

모든 직원은 박 과장의 행동에 결국 단념하고 쓸쓸하게 은행 문을 나서는 노숙자와 여고생을 말없이 바라볼 수밖에 없었다. 몇 초 동안 정적이 흘렀다.

'⋯⋯'

'⋯⋯'

'또각또각⋯⋯'

순간의 침묵을 깬 것은 정 대리의 구두 소리였다. 정 대리의 구두는 준기가 있는 회의실로 향하고 있었다.

"방금 뭐라고 했나?"

"은행장님께서 이 은행을 설립하신 진짜 의도가 뭔지 궁금하다고 했습니다. 은행장님은 진정으로 가난한 사람들을 위해 그라민 은행처럼 무담보로 대출도 해 주고 그들 스스로 가난에서 벗어날 수 있게 도와줄 마음이 있으신 겁니까?"

그녀는 날카로운 지적과 함께 차가운 시선으로 준기를 한참 쏘아보았다.

"정 대리라고 했나? 아직 사회생활을 제대로 덜 한 친구인가 보군. 감히 내 앞에서 이렇게 당돌하게 구는데도 그냥 넘어가 주는 건 이번이 마지막이라고 충고해 두겠네. 그만 조용히 나가보게."

"아뇨. 전 평생을 살아가면서 이 신념 하나는 제대로 지키면서 살아가야겠습니다. 누구에 의해서도, 어떤 상황에 의해서도 제가 하기 싫고 제 양심이 용서하지 않는 일은 억지로 하면서 살지 않을 겁니다. 전 가난한 사람들이 그 '가난'이라는 이유만으로 무시를 당하고 소외되고 인권까지 침해당하는 '사회적 불평등'이 없어지는 세상을 만들어가고 싶었습니다. 그리고 이 은행이 처음 내세운 취지는 제 뜻과 맞았기 때문에 주저하지 않고 지원했고, 제가 하는 일에 자부심도 느끼고 있었습니다. 그런데 가난한 사람들을 위한 은행이다, 서민들이 웃는 경제를 만든다, 어쩐다 하면서 실컷 떠들어놓고선 찾아온 사람들이 진짜 돈을 갚을 수 있을지 의심될 정도로 가난해 보이니까 은행의 원칙이니 기금 부족이니 하는 핑계를 대며 쫓아내다니요. 저도 이렇게 말과 행동을 달리하고 대중들과의 약속을 함부로 어기는 은행에서는 창피해서라도 더 일하고 싶지 않습니다. 가만히 보니 은행장님께선 빈곤층에게 큰 용기와 희망을 가져다줄 수 있는 은행을 세우길 원하신 게 아니라 은행장님의 명예를 높이고 사람들의 관심을 더욱 많이 불러일으킬 수 있는 은행을 세우길 원하셨던 것 같군요. 제가 한때 몸담았던 은행의 설립자가 은행장님이라는 게 창피하고 실망스럽습니다.”

준기의 얼굴이 붉게 물들기 시작했다. 그러나 정 대리는 아랑곳하지 않고 마지막으로 시원하게 직격탄을 날렸다.

“전 빈곤 퇴치 운동에 참여할 수 있길 원했지, 은행장님의 명예 빛내기 운동에 가담하길 원한 게 아닙니다. 어서 저를 그 몹쓸 ‘명예 빛내기 프로젝트’ 참가자 목록에서 제명해 주시겠습니까?”

‘쾅─’

그녀는 문을 닫고 나가버렸지만, 그녀가 남긴 충격은 좀처럼 가시질 않았다. 퇴짜를 맞은 건 그녀가 아니라 준기였다. 정말로 뺨이라도 한 대 맞은 듯 얼얼하고 아무 생각도 들지 않았다. 부끄러움과 치욕으로 화가 나기보다는 언젠가부터 그의 뇌 한구석에 엉킨 실타래가 해결되지 않은 채 존재하는 듯 찝찝한 기분이 드는 것 같았다. 머릿속이 자꾸만 복잡해지려고 했지만, 그는 이내 마음을 가다듬고 골치 아픈 것들을 잊어버리기 위해 지그시 눈을 감으며 혼잣말로 중얼거렸다.

‘아무것도 아니야. 난 내가 원하는 곳에 거의 다다랐어.’

그 일이 있고 며칠 지난 뒤였다. 준기는 차를 타고 희망은행 근처를 지나고 있었다. 우연히 창문을 통해 스쳐 지나가며 본 광경이 눈에 밟혔다.

"잠깐. 김 기사, 차 좀 돌려봐."

"네?"

"은행에 좀 들러봐야겠어. 근처에서 무슨 일이 벌어지는 것 같던데……."

준기의 말대로 은행 근처에서는 일이 제대로 한 판 벌어지고 있었다. 다름 아닌 희망은행의 문 바로 앞에서 시위가 벌어진 것이었다.

"대중과 거짓 약속을 한 희망은행은 물러가라, 물러가라!"

"용기와 희망을 얻기 위해 찾아온 빈민층들을 매정하게 쫓아낸 희망은행은 각성하라, 각성하라!"

"겉으로만 그라민 은행을 표방하고 속으로는 명예와 사람들의 시선에만 열중했던 박준기는 은행장의 자격이 없으니 스스로 즉각 사퇴하라, 사퇴하라!"

준기는 자신이 분명히 악몽을 꾸고 있다고 생각하고 싶었다. 정말 눈이 뒤집힐 지경이었다. 하필 한창 많은 사람이 출근길로 붐비는 이 시각, 이 거리에서 자신이 이때까지 쌓아올린 명예와 업적들이 허무하게 무너져가는 것만 같았다. 준기는 시위대를 향해 매서운 시선을 내리꽂았다. 예상한 대로 시위대의 구성원은 전에 은행을 찾아왔던 두 빈자와 정 대리, 그들이 퍼뜨린 이야기에 흥분하여 동참했을 10여 명의 서민이었다. 인원수는 그다지 많지 않았지만, 그들은 고래고래 구호를 외치고 호루라기에 확성기, 응원용 나팔까지 챙겨 와서는 보란 듯이 시끄럽게 시위를 해대고 있었다. 게다가 누군지는 몰라도 노숙자와 여고생, 정 대리 옆에서 같이 시위를 이끄는데 크게 한몫을 하는 남자가 특히 눈에 띄었다. 그는 한 맷집할 것 같은 우람한 덩치에 어울리게 누구보다도 우렁찬 목소리로 구호를 외쳐 대며 눈부신 활약을 하고 있었고, 그 덕분에 시위대는 더욱 열기를 띠는 듯했다. 어서 이성을 되찾아야만 했다. 언제까지나 넋 놓고 어이없이 쳐다보기만 하다가는 금세 기자들이 이 현장으로 취재하기 위해 몰려들 것이 뻔했다. 화가 치밀어오를

대로 치밀어오른 준기는 얼른 전화기를 집어 들었다.

"여보세요? 거기 112 맞죠? 여기 허위 사실을 유포하고 시민의 출근길을 방해하며 난동을 피우는 시위대가 있어서 신고합니다. 얼른 오셔서 이 시위대 좀 진압하고 체포해 주시겠습니까?"

10분쯤 지났을까. 희미하게 경찰차 사이렌 소리가 들려오기 시작했다. 갑작스러운 경찰차의 등장에 시위대도 움찔 놀란 듯했다. 경찰차에서 내린 형사와 경찰 대원들이 시위대를 체포하고 차에 태우려 했다. 길 건너 주차된 차의 뒷좌석에 앉은 준기는 팔짱을 끼며 회심의 미소를 짓고 있었다. 그때였다. 은행 앞 사거리를 지나며 출근을 하던 시민의 제보를 들었는지, 기자일 것으로 추정되는 한 젊은 남자가 오른손에 큰 방송용 카메라를 들고 주위를 두리번거리며 차에서 조심스럽게 내리는 것이었다. 시위대가 이대로 경찰서로만 조용히 간다면 누명을 씌우든지 간단히 합의를 보든지 쉽게 일을 끝낼 수 있을 것이었다. 그러나 언론의 귀에 이 사실이 들어간다면 소문은 삽시간에 퍼질 것이고, 다시는 돌이키기 어려운 상황까지 불러일으킬 수 있었다. 자꾸만 일이 커지자 준기는 조바심이 났다. 조용히 길을 건너 기자를 불렀다.

"이보시오, 기자 양반!"

"아, 혹시 박준기 은행장님이십니까?"

"네, 그렇습니다만……. 여긴 도대체 어떻게 오게 되신 거요?"

"전 아까 출근을 하던 시민 몇 명으로부터 희망은행에 대해 시위하는 시위대가 있다는 제보를 듣고 이렇게 왔습니다. 그런데 경찰차는 언제 왔고 시위대는 왜 체포되고 있는 겁니까? 자세한 상황 좀 알려주시겠습니까?"

"시위대라니요? 글쎄요……. 그냥 지나가던 행인 몇 명이 소란을 일으켜서 경찰 분들이 수습하러 오신 것 같은데요? 별일도 아닌 것 같은데 괜히 여기까지 헛수고하신 것 같군요. 저기…… 근데 혹시 기자님 말고도 여기로 취재하러 오실 기자분이 더 계신가요?"

"아직 출근시간 전이라, 일찍 와 있던 저만 제보를 듣고 이렇게 찾아왔죠. 그건 그렇고 저기 있는 분들의 정체가 뭔지 자세히 좀 알아봐야겠습니다. 잠깐만 기다려주시겠어요? 우선 경찰차가 있는 곳으로 가서 자세한 상황을 들어보도록……."

"아니, 잠깐만요! 일단 안으로 들어가서 얘기합시다. 내 기자님께 해 드리고 싶은 말씀도 있고……."

그때 경찰차를 타는 것에 저항하던 시위대 중 한 사람이, 은행 안으로 기자를 떠미는 준기의 뒷모습을 우연히 목격했다.

"어? 저기 은행장 좀 봐요! 기자를 데리고 은행 안으로 들어가려고 하고 있어요. 취재 온 기자인 모양인데, 이번엔 돈 먹여서 입막음이라도 할 모양이지?"

시위대에서 웅성거리는 소리가 들리기 시작했다. 그때였다.

'퍽─'

아무도 예상치 못한 일이 벌어지기 시작했다.

정말 순식간의 일이었다. 은행 안으로 들어가려던 준기는 난데없이 자신을 향해 성큼성큼 걸어오는 덩치 큰 한 남자로부터 뒷덜미를 낚아채였고, 일반 사람들보다 두 배는 더 커 보이는 이 남자의 주먹이 가차없이 준기의 볼에 내리 찍혔다. 준기는 자신의 눈앞으로 점점 더 크게 다가오는 주먹 때문에 그의 얼굴을 제대로 보진 못했지만, 얼핏 본 그 남자는 바로 시위대 가운데서 누구보다도 쩌렁쩌렁한 소리로 구호를 외쳐 대어 유독 눈에 띄었던 그 남자인 듯했다.

"그만!! 그만 하세요! 아니, 이 사람이…… 지금 뭐 하는 짓이에요? 그냥 조용히 경찰서로 따라가기만 하면 될 것을…… 폭행죄로 감방에서 며칠 묵고 싶기라도 한 거요? 이리 오세요!"

그 남자의 돌발 행동에 깜짝 놀란 경찰이 얼른 그의 몸을 돌려세우며 제재하고 나섰다.

"이것 좀 봐 보시오! 지금 저 작자가 하는 짓을 보고도 날 말리겠다는 거요? 전에 희망은행인지 뭔지가 빈곤층을 위해 들어섰단 얘길 들은 적은 있어서 좋은 곳인 줄로만 알았더니… 대출하러 간 빈자들을 내쫓고 대중과 언론에 새파란 거짓

말을 한데다가, 또 그걸 반성하기는커녕 그 사실이 밝혀질까 두려워 이젠 기자한
테 뇌물까지 먹이려고 해? 우리가 이렇게 버젓이 보고 있는데 어떻게 저딴 짓을
할 수가 있단 말이오! 저런 쓰레기만도 못한 놈 같으니라고……."

　흥분할 대로 흥분한 그는 씩씩거리며, 볼을 감싸고 있는 준기를 힘껏 노려보았다.

　준기는 마치 커다란 돌덩이가 자신의 볼에 날아와 쿡— 처박힌 것 같은 참을 수
없는 고통에 고개조차 똑바로 들 수 없었다. 눈을 꾹 감자, 눈물까지 찔끔 나는 것
같았다. 하지만, 준기는 왼쪽 뺨을 점점 더 깊게 파고드는 육체적 고통보다, 많은
사람이 지켜보는 도심 한복판에서 제대로 망신살이 뻗친 것에 대한 정신적 고통
이 더욱 견딜 수 없었다. 준기는 지금 이 순간이 아마도 자신의 인생그래프에서
최하점을 기록하는 순간인 것 같았다. 이젠 위엄이고 체면이고 눈에 보이지 않았
다. 더 이상은 정말 조용히 일을 해결하기 위한 인내심을 유지할 수 없었다.

　'도대체 어떤 새끼가 감히 날……. 날, 이 많은 사람들 앞에서……!'

　준기는 조금 전까지 입 안에서 맴돌고 있던 온갖 욕설들을 양껏 내뱉기 위해 고
개를 쳐들었다.

　그러나 바로 그 순간…

　준기는 아까 머릿속에서 그리던 그래프의 최하점이 거기서 그치지 않을 것임
을 깨닫게 되었다.

　그 남자의 옆모습. 어느새 경찰에 의해 수갑까지 찬 채, 경찰차에 오르는 그의
옆모습이 준기의 눈에 박혀 들어온 것이다. 준기는 갑자기 마음속 한편에 있던 무
언가가 싸하고 가라앉는 것 같았다. 도대체 이 상황은 뭘까……. 준기는 자기도
모르게 끝없는 혼돈의 세계로 점점 빨려 들어가고 있었다.

　저기 멀리 운동장에서 날 부르는 민국이의 얼굴이 보인다.

　"야, 박준기! 공부 땜에 쌓인 스트레스도 풀 겸 오랜만에 이리 와서 축구 한 판
안 뛰냐?"

"축구는 무슨……. 나 빨리 집에 가서 할머니 돕고 집안일도 해야 되잖냐. 짜식, 내 사정 뻔히 알면서……. 담에 제대로 한 번 날 잡아서 해! 가만 안 둘 테니까!"

"어휴, 하여튼 못 말리는 놈이라니까……. 그래, 그 지극한 효성을 누가 말려……. 할머니께 내 안부는 잘 전해 드리고 있지? 조만간 찾아뵙겠다고 전해 드려!"

말은 그렇게 했지만, 민국이의 표정에는 아쉬움이 묻어나고 있었다. 나 역시 늘 이런 이유로 민국이에게 스트레스를 함께 풀 친구조차 될 수 없다는 게 너무 미안하고 안타까웠다. 그러나 나는 곧 집에서 목이 빠지게 날 기다리고 계실 할머니가 생각났기에 별로 망설일 것 없이 얼른 집을 향해 발걸음을 옮겼다.

꼬마 아이가 아무 판자 조각이나 주워 와 대충 만든 장난감 동네같이, 보기 싫게 다닥다닥 붙어 있는 허술한 판잣집들이 보인다. 많은 사람에게 '빈민들의 동네' 하면 바로 떠오를 만큼 가난의 대명사인 그곳, '달동네'에는 하루하루를 생존의 위협 속에서 살아가는 극빈층들이 모여 있다. 물론 그 동네는 할머니와 내가 힘겹게 살아가는 공간이기도 했다. 내가 초등학교에 다니던 무렵, IMF 외환위기로 아버지가 갑자기 직장을 잃게 되는 바람에 나는 어머니로부터 상황이 좋아질 때까지만 할머니와 잠깐 지내라는 말을 듣고 이곳에 오게 되었다. 하지만, 돈을 벌어 꼭 다시 돌아오겠다고 해놓고 아직도 연락 없는 아버지와 동생 2명을 데리고 이모 댁에서 신세를 지는 어머니는 내가 이렇게 고등학생이 될 때까지 날 데리러 올 형편이 되지 못했다.

힘겹게 산비탈을 올라 집 앞에 도착하니 대문 옆에 온갖 독촉장들로 가득 찬 우편함이 눈에 들어왔다. 그렇지 않아도 세월이 지날수록 점점 굽는 할머니의 허리를 또 얼마나 휘게 할지 모르는 그 종이들이, 나는 우편함에서 꺼내기조차 꺼려질 만큼 무서웠다.

그때였다. 뜻밖의 목소리가 내 귀를 자극했다.

"야, 인마. 넌 뭐하다가 이제 와?"

평상시와 달리 지금 내 앞에 서 있는 사람은 할머니가 아니라 한창 학교 운동장에서 축구를 하고 있어야 할 민국이였다.

"어? 야, 너 어떻게 여길……?"

"하여간, 느려터진 놈. 역시 내가 너보다 운동신경이 한 수 위인 건 분명한 것 같다니까. 학교에서 운동 좀 하려고 하면 할 게 축구밖에 없으니까 식상해 죽겠더라고. 오랜만에 이 형님이 산도 타고 연탄도 나르면서 색다른 운동 좀 시도해 보려고 왔다, 왜."

아마 나보다 먼저 와서 집안일을 해주기 위해 축구를 관두고 우리 집까지 험한 지름길로 올라온 모양이었다.

"이렇게까지 할 필요 없다니까……. 아무튼, 고맙다!"

우리 집 사정을 누구보다 잘 아는 놈이었기 때문에 중학교 시절부터 고등학교를 다니는 지금까지 쭉 형처럼 의젓하게 날 보살펴주고 걱정해 준 둘도 없는 소중한 친구 이민국. 가끔 우리 집에 찾아와서 집안일을 해주며 자기 집 냉장고에서 털어 온 반찬도 채워주고 할머니 말동무까지 해 드리는 무진장 고마운 녀석이다.

이렇게 종종 거의 산꼭대기에 있는 우리 집까지 올라와서 감동을 주는 민국이 때문에 살짝 멋쩍어진 내가 머리를 긁적였다.

"야, 우리 사이에 지금 뭐야? 부담이라도 느껴진다는 거야?"

"쓸데없는 소리 하기는……. 야, 저녁은 맛있게 차려났냐? 얼른 들어가서 먹자! 할머니! 나 왔어요!"

"그래, 우리 금둥이 인자 왔나. 오늘도 민국이가 와가 내랑 놀아주고 집안일도 다 해났데이. 민국이가 참말로 우리한테는 큰 재산이라."

정말 민국이만큼 훌륭한 재산은 없을 거다. 함부로 값으로 매길 수도 없는 소중한 재산. 민국이는 우리 가족에게 그렇게 고마운 은인이자 천사 같은 존재였다.

어느덧 아침이 밝아오고 있었다. 그날도 어김없이 할머니는 남들이 모두 단잠에 빠져 있을 무렵, 새벽같이 나가서 손수레를 끌고 동네 곳곳을 다니시며 폐지를 모아 오셨다. 그런 할머니의 손에 쥐어진 돈은 단돈 천 원. 하지만, 할머니는 뿌듯한 목소리로 방 안에서 곤히 잠들어 있는 나를 불러 깨우셨다.

"준기야, 뭐하노. 얼른 학교 가야제. 할매가 아침상 맛있게 준비할 테니까 얼른 씻고 온나."

할머니의 목소리를 듣고 벌떡 일어나 문을 열고 나가보니, 내 시야 앞에는 점점 거세게 내려오는 빗줄기들이 있었다.

"할머니! 지금 비 오잖아요. 왜 우산도 안 쓰고 다니신 거예요!"

비에 흠뻑 젖은 채 미소를 지은 할머니를 보자 너무 마음이 아팠다.

"야야, 고작 그 비 좀 피할라꼬 몸 사리면 무슨 일이 제대로 되노. 손수레 끌면서 우산 똑바로 쓰고 다닐라카믄 일이 안 된다카이."

"그렇다고 이렇게 비 맞고 다니시면 감기 들잖아요! 이젠 제발 할머니 건강 걱정도 하실 줄 아셔야죠!"

할머니의 안쓰러운 모습에 난 어느새 할머니께 언성까지 높이며 화를 내고 있었다.

"그래, 그래……. 할매가 인자부턴 잘 할게. 그리고 여기 이거 받아라. 오늘 용돈 타는 날 아이가. 얼마 안 되지만 이걸로 맛있는 것도 좀 사먹고……. 필요한 거 있으면 다 사서 잘 쓰그래이……."

할머니는 흐뭇한 얼굴로 손에 꼬옥 쥐고 있던 천 원짜리 지폐 한 장을 나에게 내미셨다. 하지만, 그 돈을 받기에 앞서 내 머릿속에는 우편함 가득 쌓여 있던 독촉장들이 떠올랐다.

"아니에요, 할머니……. 저 용돈 안 받아도 돼요. 그리고 이것 좀 보세요."

난 얼른 대문으로 나가서 어제 봤던 독촉장들을 모두 꺼내어 할머니께 보여 드렸다. 하지만, 봉투 안의 명세서를 확인하시고는 금세 굳은 표정으로 변한 할머니의 얼굴을 보고, 나는 곧 독촉장을 내민 내 손이 할머니께 큰 충격과 아픔으로 다가갔음을 깨달았다.

"이게 뭐꼬……. 온종일 오만 동네 돌아 댕기면서 겨우 천 원 벌어왔더니만 독촉비가 십만 원이 넘네."

할머니의 어깨에 온 힘이 싹 빠져나간 것 같아 보였다.

"안 그래도 이 못난 할매가 지 손자한테 제대로 된 용돈도 못 주고 사는데…….

참말로 노인네 괴롭히는 게 한둘이 아니네. 아가, 그래도 이건 받아둬라. 내일부터는 고물도 같이 모아가 더 열심히 일해야겠다. 그러믄 언젠간 저거 다 갚을 수 있겠지.”

더는 그 돈이 단순한 돈이 아니라 할머니의 자존심과 사랑이 담긴 돈이었기에, 난 감사하다는 인사와 함께 밝게 웃어보이며 그 돈을 받았다. 하지만, 속으로는 할머니에 대한 안타까움과 가난의 서러움이 뼛속 깊이까지 스며들고 있었다. 정작 당신 자신은 아픈 곳이 한두 군데도 아니면서 여의치 않은 형편 때문에 병원에 갈 엄두조차 내지 못하고, 손자에겐 어떻게 해서든 매주 꼬박꼬박 용돈을 챙겨주시려는 할머니를 보니 정말 가슴이 미어졌다. 도대체 우리가 무슨 죄를 지었기에 이렇게 살아가야만 하는 걸까.

여느 때와 같은 시각에 학교를 마치고 집 대문에 도착했다. 그런데 뭔가 집이 휭한 느낌이다. 문을 열고 안으로 들어가니 할머니는 보이지 않고 마침 전화벨 소리가 울렸다.

‘따르릉 따르릉’

“여보세요?”

“혹시 준기니?”

“네, 그런데요…….”

“나 옆집 사는 영철이 엄마야. 큰일 났다, 준기야. 너희 할머님께서 지금 병원에 실려 오셨어!”

“네? 뭐라고요? 저희 할머니가요? 무슨 일인데요?”

“글쎄, 할머니께서 손수레를 끌고 다니시다가 계단에서 구르셨지 뭐니. 지금 머리를 심하게 다치셔서 당장 수술을 해야 한다는구나. 정말 어쩌면 좋으니……. 일단 네가 빨리 와봐야겠어……. 여보세요, 여보세요? 듣고 있니, 준기야?”

정말 하늘이 노래진다는 게 이런 기분일까. 술에 취한 것도 아닌데 정신이 알딸딸해졌다. 숨이 턱하고 막혀오는 것 같았다. 우리 할머니…… 우리 할머니…… 나도 모르게 입술이 떨리고 있었다. 쉴 새 없이 쏟아지는 눈물이 눈앞을 가렸지만, 신발도 제대로 신지 못한 채 정신없이 집에서 뛰쳐나와 달리고 또 달렸다. 드디어 눈앞에 커다란 병원 건물이 모습을 드러냈다.

난 병원으로 얼른 뛰어들어가서 정신없이 병실을 찾았다. 침대 위에 누워 있는 할머니의 머리에는 피로 흥건하게 적셔져 있는 붕대가 감겨 있었다. 내 눈앞에 펼쳐져 있는 이 믿기지 않는 상황 때문에 지금까지 꾹 참고 또 참았던 울음이 마침내 터졌다. 할머니를 흔들며 정신없이 울부짖었다.

"아, 안 돼요, 할머니! 얼른 일어나요! 제발 눈 좀 떠보세요! 제발요. 의사선생님, 이제 어떡해요? 우리 할머니 어떻게 되는 거냐고요!"

"학생. 가족이 정말 학생뿐이에요? 제대로 된 보호자 분도 없으시다니……. 빨리 수술을 하긴 해야 하는데……. 수술비가 문제에요."

의사는 울부짖는 나를 보며 매우 곤란한 표정을 지었다.

"지금 그게 무슨 말씀이세요? 설마 수술비 못 받으실 게 걱정돼서 저렇게 위독한 할머니께 당장 수술을 못 해 드리겠다는 말씀이세요?"

흥분한 영철이네 아주머니께서 옆에서 소리치셨다.

"이 수술이 간단하게 끝날 것 같지도 않구요. 수술비가 꽤 많이 나올 것 같은데……. 그렇다고 이 병원이 제 것도 아닌데 함부로 수술비를 안 받을 수도 없잖아요. 혹시 아주머니는 수술비 좀 마련하실 수 없으세요? 이 학생은 아무리 봐도 답이 안 나올 것 같은데……."

수술비 얘기로 접어들자 영철이네 아주머니도 슬금슬금 빠지고 싶어 하는 눈치였다. 보다 못한 내가 결국 의사선생님을 붙잡고 울며불며 애원하기 시작했다.

"제발 한 번만 도와주세요, 의사선생님. 저희 할머니 저러다 정말 어떻게 되시겠어요. 일단 수술만 해 주시면 제가 어떻게든 갚아 볼게요. 제발요……. 네?"

"학생. 우선 할머니께 응급 처치는 해 드렸으니까, 어떻게든 수술비 구할 방도를 좀 찾아봐. 일단은 첫 수술이니 500만 원이면 될 거야. 사정은 딱하지만, 우리도 어쩔 수가 없어."

환자가 곧 죽을 수도 있는 위급한 상황에서 그들은 냉정했다. 환자 걱정보다 수술비 걱정이 앞선 채, 나 같은 학생에게 당장 그 큰돈을 구할 길을 찾으라니. 난 어쩔 수 없이, 안 될 줄 알면서도 대출을 시도하기 위해 난생 처음 은행이라는 곳에 발을 디뎠다. 하지만, 역시나 10분도 채 되지 않아 나는 도로 은행 문을 나설 수밖에 없었다. 은행 문을 나서는 내 두 눈엔 가난의 서러움으로 생긴 사회에 대한 원망과 분노가 가득 어려 있었다. 병원과 은행……. 더는 내게 그것들이 인간들을 좀 더 편리하고 행복하게 만들어주기 위한 고마운 기관들이 아니었다. 결국은 자신들의 영리추구가 우선인 속물 기관들이었다. 답답한 마음에 무작정 걷다 도착한 곳은 우리 집이었다.

"야! 너희 할머니 다치셨다며? 지금 어느 병원에 계셔? 어디 갔다 오는 길이냐고!"

민국이가 터벅터벅 힘없이 걸어오는 나를 흔들며 다그쳤다.

"……. 병원 갔다 오는 길이지, 뭐……."

"아, 이 자식이 사람 답답하게…… 자세히 좀 말해 봐! 병원에서 뭐라고 그런 거야?"

"민국아. 세상이 왜 이렇게 각박하냐. 수술비가 없으니까 눈앞에서 피 흘리고 죽어가는 환자라도 수술을 못해 준단다. 우리 할머니 저러다 정말 어떻게 되시기라도 하면 어쩔까."

"이 자식이……. 그게 무슨 소리야! 수술 받아서 괜찮아지실 수 있는 거면 얼른 수술 받으셔야지! 돈은 걱정하지 마. 내가 이때까지 모아둔 적금도 있고……. 우리 엄마한테 잘 말씀 드리면 분명히 도움을 주시려고 하실 거야."

"뭐? 그게 정말이야……? ……. 그래도 내가 어떻게 그 돈을 덥석 받냐. 매번 너한테 빚진 거밖에 없는데. 그리고 내가 무슨 수로 갚을 줄 알고 그 큰돈을 빌려줘?"

"너희 할머니가 나한테 어떤 분인데 내가 두 눈 뜨고 가만히 보고만 있냐! 나한테도 친할머니 같은 분이시거든? 그리고 무조건 네가 내 친구라고 이렇게 빌려주는 거 아니야. 난 말이야. 가난이라는 이유만으로 어렵고 힘들게 살아가는 사람들을 함부로 불신해서는 안 된다고 생각해. 그런 사람들도 힘들 때 진심으로 다가와 도움을 준 사람들에겐 언젠가 어떻게든 은혜를 갚으려고 할 테니까. 그러니까 너도 그 돈, 나중에 네가 혼자 힘으로 갚을 수 있을 때 갚아, 인마. 난 널 믿으니까. 넌 꼭 해낼 수 있을 거야.”

난 정말 목까지 울컥하고 차오르는 이 감정을 마음대로 자제할 수 없을 것 같았다. 눈물을 시원하게 펑펑 쏟아내야만 할 것 같았다. 이민국, 정말 이놈은 친구라고 하기엔 너무도 위대해 보일 만큼 훌륭하고 멋진 은인이었다. 매우 절박한 상황에 놓여 있는 나, 아무것도 가진 게 없으니 누구도 선뜻 도움을 주지 않을 거라 절망했던 나였기에 그런 민국이의 은혜는 표현할 수 없을 만큼 정말 고맙게 다가왔다. 방금까지만 해도 세상에 대한 원망으로 가득 찼던 내 차가운 마음을 희망이라는 불씨가 따뜻하게 녹여주었다.

“야, 너무 감동 먹지 마. 나, 너한테 이자 안 받겠다는 소리 안 했다! 넌 공부도 잘 하겠다, 장학금 받아서 좋은 대학에 좋은 직장까지……. 앞날이 워낙 창창하지 않냐? 나도 다 생각이 있어서 빌려주는 거야. 네가 나중에 돈 많이 벌면 이자 엄청나게 많이 물려서 받아먹을 건데?”

혹시라도 자존심이 상했을까, 기라도 죽었을까 걱정되었는지 녀석은 고마운 농담을 해왔다.

“가난한 사람들한테 너같이 큰 힘이 되어줄 수 있는 은행이 있다면 얼마나 좋을까.”

난 오늘 은행 앞에서 치를 떨었던 순간을 떠올리며 혼잣말을 했다.

“그래? 그럼 네가 그런 은행을 세우면 되잖아, 인마!”

“뭐?”

“미래에도 너처럼 가난 때문에 고통받는 사람들이 분명히 있을 거야. 네가 그런 사람들한테 희망을 밝혀주는 등불이 되어주는 거야.”

그 고마운 천사의 값진 선물은 할머니의 목숨을 구해주는 것에서 그치지 않았다. 나에게 ‘꿈’이라는 것을 품게 해 준 것이다.

그래, 그때부터였다. 내가 공부한 것들을 가난한 사람들에게 힘을 줄 수 있는 데에 사용하겠다는 꿈을 품은 건. 그리고 무엇보다도 실질적으로 도움을 줄 수 있는 멋진 내 친구와 같은 은행을 설립하자는 꿈을 품은 건 말이다. 그리고 난 그때부터 정말 철도 위를 달리는 기차처럼 '꿈 역'이라는 곳에 다다를 때까지 단 한 순간도 멈추지 않고 앞만 보며 정신없이 달리기 시작했다.

'삐오옹 삐오옹―'

흐려지는 기억과 함께 준기의 귀에도 점점 희미해져 가는 사이렌 소리가 들려왔다. 그제야 준기는 경찰차가 그렇게 멀리 사라져가고 있을 때까지 자신이 한참을 그 자리에 서서, 옛 추억에 빠져 있었음을 깨달았다.

'민국이…… . 분명히 민국이였어…… .'

준기는 커다란 충격에 휩싸여 할 말을 잃었다. 갑자기 하늘을 쳐다보기조차 부끄러운 창피함과 이제까지 살아온 자신의 인생에 대한 허망함이 물밀듯이 밀려왔다. 누구보다도 가난이 주는 서러움을 절실히 느꼈기에 더 이상은 자신처럼 가난 때문에 고통을 겪는 사람이 존재하지 않도록, 그들에게 힘과 희망이 되는 은행을 설립하겠다고 마음먹었던 준기였다. 그러나 현재 준기의 모습은 자신에게 마지막 희망을 걸고 찾아온 어려운 사람들을 철저히 외면하는, 그토록 자신이 증오했던 그 병원과 은행의 이해타산적인 면을 쏙 빼닮은 가짜 그라민 은행의 은행장이었다. 게다가 평생 갚아도 다 못 갚을 은혜를 베풀어준 그 고마운 친구 민국이를 자기 손으로 직접 경찰서까지 보낸 셈이었다. 이 모든 걸 깨달은 지금 이 순간이야말로 정말 준기 인생 최악의 순간이었다. 꿈을 가졌던 학창시절로부터 40년도 더 지난 지금, 준기가 얻은 거라곤 자신의 퇴색된 인간성과 돌이킬 수 없는 부패한 인생뿐이었다. 어쩌다 이렇게 초심을 새까맣게 잊고, 인간말종의 상태에까지 이르게 되었는지 준기 자신조차도 알 수 없었다.

"은행장님! 은행장님! 괜찮으십니까?"

계속 불러도 대답이 없는 준기에게 김 비서가 가까이 다가왔다.

"그 남자는…… . 경찰서에 끌려갔나?"

"네, 당연하죠. 폭행죄로 신고 당했으니 그놈도 골치깨나 아플 겁니다. 그리고 그 사람들이 다신 입도 뻥끗하지 못하도록 제가 사람을 시켜 다 손써놨습니다. 만약 돈 좀 들여서 합의를 봐도 일이 해결되지 않으면, 시민으로 가장한 사람을 내세워 소음을 일으킨 죄로 고발할 생각입니다. 기자한테도 수표로 가득 찬 봉투를 조용히 건넸더니, 봉투 안을 확인하고는 알았다는 표정으로 고개를 끄덕이더군요. 혹시 더 분부하실 게 있으십니까?"

"……그만."

"네?"

"이젠 그만해도 되네. 그동안 나 같은 몹쓸 상사를 만나서 괜히 김 비서 양심까지 다 닳아버렸을 것 아닌가. 더는 나 때문에 그런 마음고생 하지 않아도 되네."

"갑자기 그게 무슨…….."

"내가 그동안 허송세월을 했어. 사람들에게 능력 있는 사람으로 인정받으며 명예를 높이고 싶은 욕심에 영 엉뚱한 길로만 걸어왔단 말일세. 이제부턴 정말 우리 희망은행이 처음 내세웠던 약속을 지키고 싶네. 진정으로 가난한 사람들에게 힘을 주는 은행이 되겠다던 약속 말이야. 그리고 아까 경찰에 연행된 사람들을 당장 풀려나게 해주게. 내가 좀 만나야겠네. 단, 폭행죄로 신고 당한 그 남자는 나와 만나지 않고 그냥 집으로 돌아갈 수 있게 해주게…….."

준기는 사람들에게 모든 것을 고백하고 용서를 청하기로 마음먹었다. 그러나 민국에게만큼은 도저히 자신을 밝히고 잘못을 고백할 용기가 나질 않았다.

경찰서에서 풀려난 시위대가 다시 은행 안에 모여 있었다.

"뭐야? 우릴 못 잡아먹어서 안달이어야 할 양반이, 도대체 왜 우릴 풀어 준 거야?"

"그러게 말이에요. 혹시 우리한테까지 돈을 먹여서 조용히 만들 속셈 아닐까요?"

그들은 어찌 된 영문인지 전혀 알 수 없었기에 어리둥절한 표정을 지으며 수군거리고 있었다. 그때 준기가 회의실 안에서 나오며 모습을 드러냈다.

"여러분, 전 지금 여러분께 진심으로 사죄의 말씀을 드리려고 이렇게 나왔습니다. 그리고 솔직하게 모든 것을 고백하겠습니다. 여러분이 아시다시피 전 이때까지 가난한 사람들에게 진심을 주는 은행을 운영하지 못했습니다. 전 언젠가부터 사람들의 관심이 제게 어느 정도 기울여지고 있는지, 사람들이 절 얼마나 좋은 사람으로 보고, 제가 능력 있다고 인정할지를 걱정하는 것에만 얽매여 처음 가졌던 마음에서 조금씩 벗어나기 시작했습니다. 그러다가 조금 전에서야 문득 저 자신이 얼마나 못난 인간인지를 깨닫게 되었습니다. 저도 한때 가난에서 비롯된 열등감과 고통 속에서 살아간 적이 있었지만, 그때 제게는 언제나 큰 힘이 되어주는 소중하고 고마운 친구가 있었음을 떠올리게 되었기 때문입니다. 전 그때부터 저 자신, 그리고 여러분과 같이 가난 속에서 힘겹게 나날을 버티는 사람들에게 희망을 불어주는 사람이 되겠다고 결심했습니다. 그러나 그런 결심 하나 제대로 지키지 못하고 이렇게 타락한 모습으로 변해 있는 제 자신이 너무 부끄러웠습니다. 그렇다고 저는 여기서 비겁하게 도망가지 않겠다고 결심했습니다. 여러분께 힘이 되어 드릴 수 있는 기회를 다시 한 번만 주시면 안 되겠습니까……?"

준기의 눈빛과 말투에는 진심이 가득 배어 있었기에 사람들은 더 의심하거나 수군거리지 않았다. 이때 정 대리가 나서서 준기에게 물었다.

"그럼 지금, 여기 도움이 필요한 분들께 정말 대출을 해 드리겠다는 건가요?"

"당연히 그렇게 해야지. 정말 이제부턴 어렵고 힘든 상황에 놓인 분들께 따뜻한 마음을 지닌 은행으로 다가가서 성심성의껏 도와드릴 걸세. 그리고…… 정 대리는 나와 따로 얘기를 나눠줄 수 있겠나?"

준기와 정 대리는 옥상으로 나와 난간에 함께 기대어 서 있었다. 따뜻하게 불어오는 봄바람을 쐬며 준기가 말을 시작했다.

"자네 말대로 내가 명예와 관심에만 너무 집착하다가, 결국엔 그것들을 잃지 않고 싶은 마음이 내가 생각하던 꿈을 이루고 싶은 마음보다 더욱 커져 버렸던 것 같네. 하지만, 난 오늘 정말 내가 그동안 잊고 있었던 초심을 되찾았고 이제부턴 더욱더 큰 꿈을 향해 살아가기로 했어. 이때까지 내가 지은 죄들이 있으니, 그 죄값으로 우리나라뿐 아니라 세계 곳곳에서 빈곤으로 고통받는 사람들을 찾아 나서서 그곳에 우리 은행을 세우고 싶네. 결코, 쉬운 일이 아닐 테지만 지금부터라도 내 숨이 붙어 있는 한 끊임없이 노력하며 이 꿈을 이루고 싶네. 그리고 내가 아까 말했다시피 내겐 평생 잊지 못할 고마운 은인이 한 명 있네. 새로 갖게 된 이 꿈을 꼭 이뤄내서 언젠가는 조금 덜 부끄러운 모습으로 찾아 나서고 싶은데……. 내가 올바른 방향으로 잘 갈 수 있도록 내 옆에서 길잡이가 되어줄 수 있겠나? 저번처럼 가끔은 상사에게 따끔한 채찍질도 할 줄 아는 훌륭한 길잡이 말일세……."

"그럼요. 그 꿈은 저도 언젠가 꼭 이루고 싶던 바예요. 누구보다도 열심히 도와드릴 자신이 있으니 걱정하지 마세요! 다만, 제가 은행장님보다 더 적극적으로 일하더라도 말리지 않기예요!"

정 대리는 입가에 흐뭇한 미소를 머금은 채 말했다.

옥상에서 준기가 내려다본 도시의 모습은 굉장히 복잡했다. 하지만, 그 복잡한 건물들 가운데 텅 빈 어딘가가 준기의 시선을 사로잡았다. 그것은 다름 아닌 학교 운동장. 학교 운동장에서 축구공을 갖고 노는 소년의 모습이 누군가와 겹친다. 준기는 도심 한가운데에 우뚝 선 희망은행의 옥상에서, 언젠가는 옛날 민국과 함께 진득한 우정을 나누던 그때 그 시절로 돌아갈 수 있기를 간절히 소망하고 있었다.

우리는 가끔 앞만 보고 그곳을 향해 정신없이 달리다가, 오히려 중요한 걸 어느 순간에 놓치고 와버리는 경우가 있습니다. 그리고는 마치 그 목표에 제대로 다다른 줄 알고 만족해 합니다. 제가 만족할 만큼 공부하겠다던 초심을 버린 채, 벼락치기로 시험을 쳐 놓고 운이 좋아서 잘 나온 성적을 자랑스럽게 여겼던 것처럼 말입니다. 이것은 마치 이어달리기를 하는 계주 선수가 바통을 떨어뜨려 놓고도 그걸 모른 채 목표 지점만을 향해 밝은 표정으로 안도하는 모습에 비유될 수 있을 것입니다. 상상만 해도 너무 어이없고 우스꽝스런 상황입니다. 이러한 상황을 미리 방지하기 위해서는 자신이 처음에 갖추고 있던 것들을 수시로 확인하고 끝까지 잘 지킬 줄 아는 자세를 가져야 할 것입니다.

우선 이 책 속의 박준기라는 인물의 외관적인 모습은 미래의 제 모습을 반영한 것입니다. 저는 우리 '책쓰기 동아리'를 하면서 오랜 시간 동안 꿈을 찾는 활동을 부지런히 해 왔습니다. 그러다가 경제 시간에 선생님께서 보여주신 동영상 하나가 저에게 꿈을 찾을 실마리로 다가왔습니다. 그 영상에는 무하마드 유누스 총재가 그라민 은행을 세워 무담보로 돈을 대출 해주며, 가난한 사람들이 자립할 수 있도록 돕고 용기를 주는 내용이 담겨 있었습니다. 그걸 보고는 저도 제가 공부한 것들을 가난한 사람들에게 실질적인 도움을 주는 데 사용하고 싶다는 생각을 하게 되었습니다. 그래서 경제학을 전공하고 훗날 언젠가는 꼭 그라민 은행과 같은 훌륭한 은행을 여러 난민 국가에 세우는 데에 참여하고 싶다는 꿈도 가지게 되었습니다.

그러나 박준기라는 인물의 내면에는 사람들의 시선과 명예를 좇는 마음들로 가득합니다. 저 또한 나중에 제가 그 꿈에 한 걸음씩 한 걸음씩 다가가고 있을 순간에, 혹시라도 초심을 잃고 물질적인 요소에 집착하여 엉뚱한 길을 걷게 될 것을 경계하면서 이 글을 쓰게 되었습니다.

아마 처음이자 마지막으로 책에 제 글이 실린다고 생각했기 때문에, 시간이 지나 나중에 어른이 되어서 다시 봤을 때도 부끄럽지 않은 글을 쓰고 싶었습니다. 하지만, 역시 처음 써보는 소설이라 서툴고 초보티도 군데군데 나 있는 것 같습니다. 그러나 제 글에서 '당신이 이제껏 정신없이 달려오느라 놔두고 온 게 있다면, 지금이라도 초심으로 돌아가 다시 진정한 꿈과 목표를 찾을 줄 아는 자세를 가져라.' 라는 메시지 하나만큼은 독자 여러분께 잘 전달되었기를 진심으로 바랍니다.

흔들리며 피는 꽃

유연주

흔들리지 않고 피는 꽃이 어디 있으랴
이 세상 그 어떤 아름다운 꽃들도
다 흔들리면서 피었나니

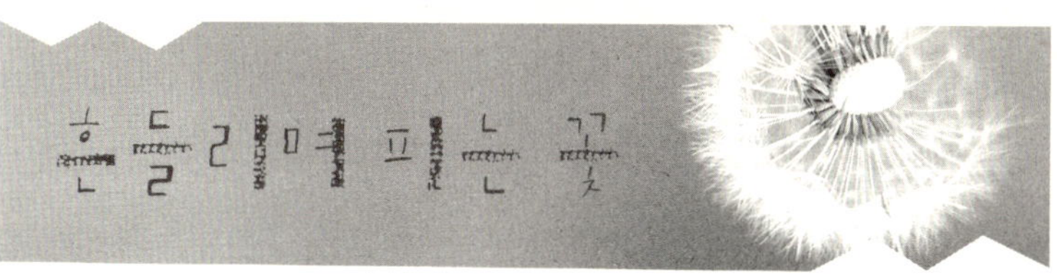

12월 23일

고속도로 위를 달리다가 머리가 아파 잠시 휴게소에 들렀다. 조금 전부터 내리던 눈이 어느새 쌓여 휴게소 전체를 새하얗게 뒤덮고 있었다. 한 쌍의 커플이 아직 아무도 밟지 않은 눈 위를 사뿐사뿐 걸어갔다. 아이들은 쌓인 눈을 모아 눈싸움을 하며 뛰어 놀고 있었고, 작은 입으로 오물오물 어묵을 먹고 있는 꼬마 아이도 눈이 온 겨울날이 좋은지 마냥 즐거워했다. 휴게소에 있는 모든 사람들이 다 행복해 보였다. 그곳에서 나는 물 위의 기름처럼 사람들과 어울리지 못하고 혼자 울적한 마음으로 그들 옆을 지나갔다. 나는 커피자판기 앞으로 가 100원짜리 동전 3개를 넣고 밀크커피 버튼을 눌렀다.

딸각.

조르륵.

"우리 어머니 살려내. 당신이 의사야? 실수? 환자 하나쯤은 실수해서 죽일 수 있다는 거야? 나한테는 하나뿐인 어머니였어. 당신 실수 때문에 내 어머니가 죽었다고. 내 어머니를…… 당신이…… 죽였다고……."

"자네가 이런 실수를 하다니 실망이네. 최근에 큰 수술을 몇 번 성공했다고 자만하더니 결국 일을 이렇게 만들어놨군 그래. 당분간 근신해 있게나."

커피가 나오는 동안에도 그날 들었던 사람들의 말이 계속 귓가에 맴돌았다.

나는 커피를 꺼내 사람들이 별로 없는 곳으로 갔다.

평소에 달짝지근한 맛이 좋아서 즐겨 마셨던 밀크커피. 하지만 그날따라 쓰디쓴 커피 향이 입 안에서부터 온몸으로 씁쓸하게 퍼져갔다.

휴…….

얼마 전까지만 해도 나는 몇 번의 큰 수술을 성공해서 병원 내에서 꽤나 유명해져 있었다.

"수고했어. 다들 포기 상태였는데 자네가 끝까지 포기하지 않고 해내다니. 그것도 아주 훌륭하게 말이야. 게다가 그 환자는 요즘 최고 잘나가는 기업의 회장이잖나. 덕분에 병원 내에서 우리 신경외과에 대한 관심이 높아졌어. 그리고 병원장님도 자네를 눈여겨 보시더군."

"감사합니다, 의사선생님. 덕분에 제 어머니가 살아나셨어요. 정말 감사합니다. 정말……. 다른 병원에서 이미 늦었다고 했을 땐 어찌나 막막하던지……. 그런데 이렇게 의사선생님을 만나 어머니를 살려서 정말 기쁩니다. 어떻게 감사의 말씀을 드려야 할지……."

기업 회장, 한 사람의 어머니. 모두 다른 의사들이 더 이상 손쓸 수 없다고 포기해버린 환자들이었다. 하지만 나는 끝까지 포기하지 않고 그들을 살려냈다. 모두들 나의 실력을 인정했고 부러워했다. 그 뒤로 나는 병원 내에서 일명 유명인사가 되었다.

그런데 며칠 전 잘나가는 의사로서의 삶을 깨어버린 하나의 사건이 발생했다. 내 인생을 바꿔버린…….

한 할머니가 응급실로 급하게 실려 왔다. 환자 상태를 보니 목숨이 위험했다. 환자는 안면홍조를 보였고, 혈압과 체온이 계속 상승했다. 뇌출혈이다. 나는 신속하게 진단을 내렸고 수술 일정을 잡았다. 모두 신속하게 움직였다. 곧 수술이 시작됐다. 나는 환자의 머리를 조심스럽게 열었다. 그리고 처음 판단대로 수술하였다. 한참 수술을 하던 중 나는 그 판단이 잘못 되었음을 알아차렸다. 하지만, 때는 늦었다. 결국, 할머니는 다시 눈을 뜨지 못했다. 모두들 인정했던 나의 실력이 더 이상 인정받지 못하게 되는 날이었다.

그날 밤, 나는 울고 또 울었다.

이전에도 몇몇 환자들이 내 앞에서 죽었었다. 모두 희망이 없는 상태였고 나도 어쩔 수 없었다고 생각하고 털어버렸었다. 하지만, 그런 일들과 이번 것은 확실히 달랐다. 나의 잘못된 판단에 의해 한 할머니가 다시는 가족들 품으로 돌아올 수 없는 먼 곳으로 떠나셨다. 처음부터 옳은 진단을 내렸다면 할머니를 살릴 수 있었을 텐데……. 그러나 나의 성급함 때문이었을까? 아니면 큰 수술을 몇 번 성공했다는 자만심 때문이었을까? 그날의 실수로 며칠 동안 잠을 설쳤다.

계속 머리가 아팠다.

여전히 쓴 커피향이 나는 종이컵을 구겨 쓰레기통에 던져버리고 화장실로 갔다. 찬물을 틀어 세수를 했다. 고개를 들어 거울을 봤다. 얼굴을 타고 흘러 턱에서 떨어지는 물방울은 바닥으로 떨어져버린 지난날의 내 명예 같았다.

'어쩌다…….'

다시 차에 올라 낙원병원으로 향했다.

그 수술이 있었던 날로부터 며칠 뒤 과장님이 나를 불렀다.

"자네 석 달만 낙원병원에 가 있게."

낙원병원은 우리 병원 부속병원으로 경기도 교외에 있었고, 거의 시골과 다름 없는 곳이라서 다들 가기를 꺼려하는 곳이었다.

죄책감에 시달리며 고통 속에서 하루하루를 보냈던 나에게 과장님의 말은 또 한 번 충격을 주었다. 아무리 내가 잘못했다 하더라도 한 번의 실수로 다른 병원 으로 내쫓기까지 하다니. 억울한 마음이 들었지만 내가 거절할 수 있는 상황이 아 니었다. 내가 실수해서 사람을 죽인 건 사실이었으니까.

그렇게 해서 나는 낙원병원으로 가게 되었다. 가는 내내 마음이 불편했다. 그날 수술이 계속 생각났고 다른 병원으로 가서 일해야 한다는 사실에 마음이 답답하 였다.

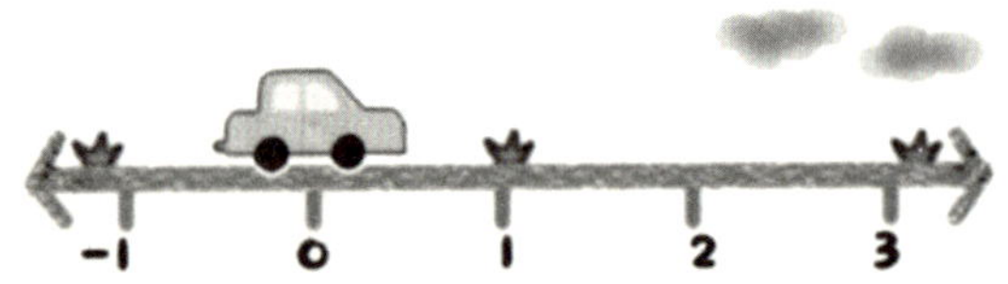

병원에 도착해서 사람들과 간단히 인사하고 내 방에 짐을 풀어놓았다. 내일부 터 당장 환자들을 진료해야 했기 때문에 몇 가지 준비를 했다. 이런저런 준비를 하면서도 머릿속으로는 계속 다른 생각이 났다.

"나한테는 하나뿐인 어머니였어."

"자네가 이런 실수를 하다니 실망이네."

머릿속이 복잡해서 하던 일을 대충 정리해 놓고 일찍 자려고 침대에 누웠다. 한 참을 뒤척이다가 겨우 잠이 들었다.

12월 24일

새 잠자리가 불편했는지 일어나니 몸이 뻐근했다. 몸과 마음이 개운하지 않은 상태로 낙원병원에 첫 출근을 했다.

전날엔 정신이 없어 병원을 제대로 둘러보지 못했었다. 출근을 하고 보니 병원

분위기가 생각보다 나쁘지 않았다. 꽤 깔끔하고 나름대로 활기도 있었다. 꽤 좋은 분위기 덕분에 착잡했던 마음이 아주 조금은 위로가 되었다. 이렇게 낙원병원에서의 근무가 시작되었다.

이른 아침이었는데도 몇 명의 환자가 벌써 와서 기다리고 있었다. 나는 진료실로 들어와 예약된 환자들과 대기 중인 환자들의 명단을 확인하고 진료를 시작했다.

시골이었지만 이 동네에서는 낙원병원이 큰 편이어서 사람들이 꽤 많이 찾아왔다. 간호사들은 분주하게 움직이고 많은 환자들이 오고 갔다. 내 진료실에도 여러 환자들이 들어와 진료를 받고 나갔다. 그리고 점심시간 전 마지막 환자가 진료실로 들어왔다.

박춘복 할아버지

할아버지가 처음 진료실에 들어왔을 때 제일 먼저 눈에 띈 것은 할아버지의 팔에 감긴 수건이었다. 수건 여기저기에 묻은 핏자국으로 봐서는 팔을 다치신 듯하였다.

"낫 가지고 일을 하고 있었는데 누가 날 부르기에 거길 쳐다보면서 낫질을 하다가 그만 팔을 베었지 뭐요."

나는 할아버지 팔에 감긴 수건을 풀어 보았다. 상처는 생각보다 심각했다. 가늘지만 깊게 패인 상처는 대충 지혈만 하고 와서 주변에 피딱지가 눌러 붙어 있었고 지저분하게 곪아 있었다. 이 정도면 꽤 아프셨을 텐데 할아버지는 내색하지 않고 잘 참으셨다. 나는 상처를 소독하고 찢어진 부위를 꿰맸다.

"아, 의사 선생 솜씨가 참 좋구먼."

할아버지는 아픔을 내색하지 않으셨고 오히려 상처를 치료하는데 온 신경을 쏟고 있는 내게 칭찬의 말을 하셨다.

상처를 다 꿰매고 난 뒤, 나는 상처가 곪지 않도록 하기 위해 할아버지께 약을 처방해 드렸다.

"수고하셨소, 의사 선생."

"아닙니다. 참, 당분간은 상처를 매일 소독해야 하니까 내일도 병원에 오세요."

"고맙소."

할아버지는 진료실 밖으로 나가면서도 연방 고맙다고 말씀하셨다. 할아버지께서 나가신 후에도 내 귀에는 계속 할아버지의 고맙다는 말씀이 들리는 듯했다.

오전 진료가 끝이 났다. 점심시간이 되었다.

오랜만에 여유롭게 밥을 먹었다. 전 병원에 있을 때는 밀려드는 환자들을 감당하기 위해 급하게 밥을 먹었고 어쩔 때는 거르기도 했었다. 그래서 여유로운 점심시간을 가져 본 적이 거의 없었다.

천천히 점심을 먹고 약간의 휴식시간이 생겨 병원 앞 벤치에 앉았다. 파란 하늘을 보다가 문득 마지막에 진료했던 박춘복 할아버지가 생각났다. 할아버지를 진료하기 전까지만 해도 여기 오게 된 그 일 때문에 마음이 여간 불편하지 않았다. 그런데 할아버지의 칭찬하는 말과 고맙다는 말을 들으니 구름이 잔뜩 긴 어둡기만 하던 하늘에 한 줄기 빛이 새어든 것 같았다.

그 전까지는 들어보지 못했던 정이 담긴 말. 사실 그런 말들을 들어보지 못했다는 게 새삼스러울 것도 없었다. 칭찬과 고맙다는 말은 고사하고 진료실에서 큰소리가 안 나면 다행이었다. 진료를 할 때면 늘 할머니, 할아버지 환자들과 오랫동안 입씨름을 해야 했다. 그러면서 나는 나대로 힘들었고 환자들은 환자들대로 힘들어했다.

"요쪽에 궁디 쪽이 계속 아파가꼬 제대로 걷질 못하겠어예."

"음, 허리 쪽에 문제가 있어서 그런 것 같습니다. 우선 허리 검사를 받아 보시고……."

"아니! 허리가 아픈 게 아니라 궁디 뼈 쪽이 아프다카니까네."

"그 원인이 허리에 있습니다. 그러니까……."

"참말로. 궁디가 아프다는데 왜 계속 허리라카노. 내가 아프다는데 암만 의사 선생이라캐도 아무 상관도 없는 허리를 왜 계속 카는교. 궁디라 카니까. 궁디!"

"김 간호사, 이분 허리 검사 한 번 해봐요. 할머니, 우선 검사를 받으시고 나서 다시……."

"참내. 아파서 제대로 걷도 모하는데 기우 병원에 와가꼬 좀 나사 볼라카니까 의사 선생은 내 말도 듣도 않고……. 아이고 답다버라."

항상 이런 식이었다. 떼쓰는 아이 같은 어른들을 달래며 힘겹게 하루하루를 보냈고 그래서 늘 갑갑했다.

'고등학생 때 내가 꿈꿨던 건 이런 모습이 아니었는데…….'

"다음 모임 때는 각자 꿈과 관련해서 쓸 책의 주제와 개요를 발표해 보는 시간을 갖도록 하자. 오늘은 여기까지."

고등학교 2학년 때부터 시작한 '꿈을 실어 나르는 책지게' 동아리. 각자의 꿈을 담은 책을 쓰는 것을 목표로 우린 많은 활동들을 했다. 자신의 꿈에 대해 발표도 하고 짝을 정해 서로의 자서전을 쓰기도 하면서 내가 미처 깨닫지 못한, 다른 사람의 눈을 통해 본 나의 모습도 알아가면서 우리는 그렇게 자신을 알아가고 꿈을 향해 한걸음 더 다가가고 있었다. 그런 준비를 하는 과정 속에서 나는 '의사'의 꿈을 키웠다. 어릴 적부터 꿈꿔왔던 막연한 의사의 모습이 아닌 진정 내가 이루고 싶은 의사가 되기 위해 노력했다. 어릴 땐 단지 죽어가는 사람을 살려낼 수 있어서 의사가 되고 싶었다면, 동아리 활동을 하면서는 사회적 약자, 특히 의료 혜택을 잘 받지 못하는 노인들을 위해 봉사하는 의사가 되고 싶다는 구체적인 꿈을 세우게 되었다. 그리고 그 꿈을 이루기 위해 열심히 뛰어다녔다. 매사에 열정적으로 덤벼들었고 모든 일에 최선을 다했다. 진정으로 내가 이루고 싶었던 꿈이었기에 그렇게도 열심히 했던 것이었다.

그 때의 마음과는 너무나도 멀어져버린 나의 모습을 생각하니 한없이 슬퍼졌다.

'어디서부터 어긋난 것일까…….'

점심시간이 끝난 후 다시 진료실로 돌아와 환자들을 진료했다.

봉연정 할머니

<table>
<tr><td colspan="2" align="center">진 료 기 록 부</td></tr>
<tr><td>수진자 : 봉연정</td><td>주민번호 : 510430 - 2******</td></tr>
<tr><td colspan="2">주소 : 경기도 가평군 가평읍 읍내리 513</td></tr>
<tr><td colspan="2">전화번호 : 031- 580 - ****</td></tr>
<tr><td>초진일 : 11월 28일</td><td>상병명 : 고혈압</td></tr>
<tr><td>11월 27일</td><td>혈압 측정 : 158 / 98   맥박 : 72
혈압 높음 → 혈압약 처방</td></tr>
<tr><td>12월 11일</td><td>혈압 측정 : 147 / 92   맥박 : 73
혈압약 처방
신경통, 손발 저림</td></tr>
<tr><td>월   일</td><td></td></tr>
</table>

진료실 문이 열렸다. 원래는 남색이었던 것 같은, 하지만 지금은 색이 바래버린 점퍼를 입은 할아버지 한 분이 들어왔다.

'뭐지? 할머니 차례인데? 잘못 들어오셨나?'

"저, 할멈 대신에 약을 좀 타가려고 왔소만."

전에는 할아버지와 할머니가 같이 오셔서 진료도 받고 약도 타갔다고 하셨다. 그런데 며칠 전부터 할머니가 몸이 안 좋아져서 화장실도 혼자 가기 어려울 정도가 되었다고 하셨다. 그래서 병원까지 오시기 어려운 할머니를 대신해서 할아버지 혼자 약을 타러 오신 것이었다.

그러나 나는 할아버지께 처방전을 드릴 수가 없었다. 환자를 직접 보지 않고 약을 처방할 수는 없기 때문이었다.

"죄송합니다, 할아버지. 환자가 직접 와서 진료를 받아야 약을 처방해 드릴 수 있어요."

"전에 할멈이랑 와서 몇 번 받아 간 것이랑 똑같은 것인데도 못 타 갑니까?"

"네, 죄송합니다."

"어휴, 할멈은 몸이 불편해서 병원에 올 수는 없는데 할멈이 없으면 약을 못 타 간다고 하니 어떻게 해야 할지 원. 할멈이 잠도 깊이 못 자고 만날 끙끙 앓는 소리를 해서 보기 딱해서 나 혼자라도 어떻게 약을 구해 가려고 했는데……."

할아버지는 몇 번이나 약을 달라고 부탁하셨지만 단호한 내 대답에 쓸쓸하게 진료실을 나가셨다.

할아버지를 그렇게 보내고 난 뒤 마음이 편치 않았다. 마음 같아서는 약을 처방해 드리고 싶었지만, 환자를 보지 않고 처방할 수는 없었다. 그래서 더 안타까웠다. 자꾸 할아버지의 쓸쓸한 뒷모습이 눈에 밟혔다.

오후 진료가 끝나고 내 방으로 돌아왔다. 바뀐 환경에 적응하기 위해 온종일 신경 쓴 탓에 피곤해서 곧장 침대로 가서 누웠다. 그리고 잠이 들었다.

몇 시간쯤 잤을까……. 갑갑해서 잠에서 깼다. 밖은 깜깜했다. 다시 잠을 청했으나 바로 잠이 오지 않아 따뜻한 차 한 잔을 마시기로 했다. 차를 마시는 동안 오후에 나를 찾아왔던 할아버지가 생각났다. 몸이 불편한 할머니를 대신해 약을 타러 오신 할아버지. 약을 못 타간 할아버지나 몸이 불편해 병원에 오지 못해 필요한 약을 못 드시게 된 할머니는 얼마나 답답하실까. 생각해 보면 그렇게 피치 못할 사정으로 병원에 오지 못하는 사람들이 한둘일까 싶었다. 그러면 그런 사람들은 어떻게 해야 할까? 나는 그런 사람들을 위해 무엇을 할 수 있을까?

차를 다 마시고 다시 침대에 누웠다.

누워서도 한참을 고민했다. 내가 무엇을 할 수 있을까. 그러다 문득 내 머릿속을 스쳐 지나가는 것이 있었다. 방문 진료. 방문 진료라면 병원에 오지 못하는 사람들을 내가 직접 보고 진료해 줄 수 있고 그러면 오후에 있었던 것 같은 일은 없을 것 같았다.

해결 방법을 찾아 고민스러웠던 마음이 한결 편해졌다. 아침에 방문 진료에 대해 좀 더 구체적으로 계획을 세워보기로 했다. 나는 다시 편히 잠이 들었다.

12월 25일

나는 밤에 잠깐 생각했던 방문 진료에 대해 구체적으로 계획을 짜기 시작했다. 방문 진료를 언제 할 것인지, 어디를 갈 것인지 등, 가기 전에 준비해야 할 것들을 계획했다. 어느 정도 계획을 다 짜고 난 후 잠시 쉬기로 하고 커피를 한잔 탔다.

커피를 마시다가 문득 방문 진료라는 일을 계획하고 있는 나의 모습을 생각해 보게 되었다. 내가 이런 일을 할 수 있을 것이라고는 생각지도 못했었는데…….

그 전까지 하루하루 밀린 업무만 겨우 처리했던, 그래서 늘 피곤하기만 했던 나로서는 이런 일을 하게 될 것이라는 생각은 하지도 못 했었다. 나도 모르게 변한 나의 모습을 보며 한편으로는 놀라면서 다른 한편으로는 왠지 모를 뿌듯함이 느껴졌다. 고등학교 때의 그 마음으로 조금씩 돌아가고 있는 것일까?

1월 1일

방문 진료하는 첫날. 우선 봉연정 할머니 댁에 가기로 했다. 일주일쯤 전에 할아버지를 그렇게 보내고 난 뒤 줄곧 마음이 불편했기 때문에 방문 진료하는 첫 집으로 봉연정 할머니 댁을 정했다.

봉연정 할머니 댁으로 가는 길. 처음엔 차 한 대 정도는 지나갈 수 있는 도로가 있었다. 그러나 한참을 가다 보니 더 이상 차로는 들어갈 수 없는 좁은 골목이 나왔다. 나는 차에서 내려 할머니 댁을 향해 걸었다.

'이 근처인 것 같은데…….'

길을 헤매고 있는데 저 멀리 낯익은 얼굴이 보였다. 자세히 보니 그날 오신 할아버지였다. 방문 진료를 가겠다고 미리 전화를 드렸더니 나를 마중 나오신 모양이었다.

"아이고, 먼 데까지 오느라 수고 많았소."

나는 할아버지를 따라 집 안으로 들어갔다.

삐그덕.

문을 열자 작은 방이 보였다. 두 분이 생활하신다기엔 너무 좁은 방이었다. 비가 새서 젖었던 벽지는 누렇게 얼룩져 있었고 한쪽 구석에는 곰팡이도 슬어 있었다. 방 한쪽에 할머니가 두꺼운 이불을 덮고 누워 계셨다. 내가 인사를 하자 할머니는 고개를 끄덕이셨다.

차트로만 보았던 할머니. 차트 속 할머니는 내게 여느 환자들과 같은 한 명의 환자였다. 아프다면 그에 맞는 약을 처방해 주어야 하는 환자, 어떤 치료를 받아야 할지 알려주어야 하는 환자.

그런데 그 차트 속 할머니를 병원이 아닌 다른 곳에서 직접 뵙게 되자 기분이 묘했다. 사람 대 사람으로 만난 기분이라고 해야 할까? 늘 병원에서 반복적으로 보아오던 환자들과는 사뭇 다른 느낌이었다.

"할머니, 편찮으시다면서요. 어디가 제일 불편하세요?"

나는 할머니께 이것저것 물으며 진료를 했다.

그동안 할아버지는 과일을 준비해 오셨다. 서투른 솜씨로 애써 깎아 오신 울퉁불퉁한 사과와 귤 하나가 접시 위에 정성스레 놓여 있었다.

"이것 좀 먹어 가면서 하시구려."

"아, 이러시지 않아도 되는데……. 고맙습니다."

"그날은 참 대책이 없더구먼. 할멈은 아프다고 하지, 병원에선 약을 안 준다고 하지……."

"……."

"그런데 오늘 이렇게 의사선생님이 와서 진료해 주니까 마음이 놓이네."

처음에 할아버지가 그날 이야기를 꺼냈을 때는 죄송한 마음에 무슨 말을 해드려야 할지 몰랐다. 그날 그렇게 무책임하게 할아버지를 보내고 내 마음이 편하지 만은 않았다. 그래서 그 점에 대해서는 드릴 말씀이 없어 가만히 듣고만 있었다. 그런데 할아버지께서 내가 와서 마음이 놓인다고 말씀하시니, '늦게라도 도움이 되었구나' 하는 생각에 내 마음도 놓였다.

진료를 끝내고 할머니께 몸조심하시라고 당부하고 그 댁을 나왔다. 할아버지 는 대문 밖까지 따라 나오셔서 나를 배웅해 주셨다. 내가 안 보일 때까지 할아버 지는 대문 앞에 서 계셨다.

즐거운 마음으로 다음 집을 향해 발걸음을 옮겼다.

이번 집은 혼자 사시는 이홍백 할아버지 댁이었다. 자식들도 외국에서 살고 할 머니도 2년 전에 돌아가셔서 혼자 살고 계시는 할아버지였다.

"계세요?"

"누구시오?"

"아까 낮에 연락드린 낙원병원에서 온 의사입니다."

할아버지는 나를 반갑게 맞으셨다.

"요새 자주 어지럼증이 와. 그래서 일도 오래 못하겠고……. 혼자 집에 있다가 쓰러지면 아무도 모를 건데, 그것도 걱정이고……."

나는 할아버지의 몸 상태를 확인했다.

진료를 하는 동안 나는 할아버지와 이런저런 대화를 나누었다.

"할아버지, 혼자 사시니까 쓸쓸하시지 않으세요?"

"가끔 자식들이나 마누라가 그리워서 그렇지 평소에는 다른 할배들하고 재밌 게 놀아."

"친구가 많으신가 봐요?"

"많은 건 아냐. 저 위에 덕구 할배랑 설주 할배랑 이렇게 셋이서 놀았었어. 그런 데 요즘 설주 할배는 마누라가 아파서 같이 잘 못 놀아."

"설주 할아버지요? 저 조금 전까지 거기 있다가 왔는데. 할머니께서 정말 많이 편찮으시더라구요."

"그래. 우리 연배들이 대체로 그렇지. 그래도 살아 있는 게 어디야. 우리 할멈은······.”

친구들이랑 재밌게 지내고 계신다고는 하셨지만 할머니의 빈자리가 할아버지께는 상당히 큰 듯했다. 그런 할아버지께 위로의 말이라도 한 마디하고 싶었지만 적당한 말이 잘 생각나지 않아 포기했다. 방문 진료를 할 때 의술 말고도 필요한 것이 있다는 것을 새삼 느꼈다. 홀로 사시는 분들의 말벗이 되어드릴 수 있도록 다음에는 더 신경써야겠다는 생각이 들었다.

나는 다음에 또 올 것을 약속하고 할아버지 댁 대문을 나섰다.

“고마워. 덕분에 안심이 되네.”

할아버지는 웃으면서 나를 배웅해 주셨다.

병원으로 돌아오는 차 안. 어느 때보다도 보람된 하루였다. 비록 두 집밖에 방문하지 못했지만 시작이 반이라는 말처럼 방문 진료에 첫 발을 내딛었다는 것에 의미를 두고, 세 분의 할머니, 할아버지들께 힘이 되어 드린 것에 만족하기로 했다. 하지만 다음 방문 진료를 올 때는 좀 더 철저히 준비해서 더 많은 분들에게 도움을 줄 수 있었으면 좋겠다는 생각이 들었다. 고등학생 때는 내가 어른이 될 때쯤이면 우리나라가 아주 살기 좋은 나라가 되어 아픈 사람은 누구나 병원에 가서 진료를 받을 수 있는 사회가 될 것이라고 생각했었다. 하지만 내가 어른이 되고 의사가 되었어도 우리 사회에는 그렇지 못한 경우가 많이 있었고 그것을 개선하기 위한 노력이 필요했다. 많은 노인들이 꼭 필요할 때조차 병원을 가지 못하는 일이 아직도 발생하고 있기 때문에 지금이라도 정신을 차리고 그런 노인들을 위해 발 벗고 나서야겠다는 생각이 들었다. 어쩌면 석 달이 아니라 몇 년이 걸릴 수도 있는 일이지만 진정으로 내가 바라는 삶의 방향을 찾은 이상 포기하지 않기로 했다.

병원 근처 공동 주차장에 차를 세워두고 병원을 향해 걸었다. 병원에 다다랐을 무렵 무심결에 병원 옆에 있는 작은 서점의 유리에 눈이 갔다. 불이 꺼진 서점의 유리에는 하얀 ‘오늘의 시’ 포스터가 붙어 있었다. 포스터에는 도종환 시인의 ‘흔들리며 피는 꽃'이 적혀 있었다.

   흔들리지 않고 피는 꽃이 어디 있으랴
   이 세상 그 어떤 아름다운 꽃들도
   다 흔들리면서 피었나니
   흔들리면서 줄기를 곧게 세웠나니
   ……

흔들리며 피는 꽃……. 그 전에 힘든 일이 있었지만 다시 일어나 내가 원했던 의사로서의 삶을 향해 첫발을 내딛었던 하루……. 어쩐지 나의 삶을 적어놓은 시 같았다.

저녁 때가 다 되어 사람들이 각자의 집을 향해 발걸음을 재촉했다. 나도 다시 병원을 향해 발걸음을 옮겼다. 나를 닮은 시를 마음에 담은 채로…….

흔들리며 피는 꽃

도종환

흔들리지 않고 피는 꽃이 어디 있으랴
이 세상 그 어떤 아름다운 꽃들도
다 흔들리면서 피었나니
흔들리면서 줄기를 곧게 세웠나니
흔들리지 않고 가는 사랑이 어디 있으랴

젖지 않고 피는 꽃이 어디 있으랴
이 세상 그 어떤 빛나는 꽃들도
다 젖으며 젖으며 피었나니
바람과 비에 젖으며 꽃잎 따뜻하게 피웠나니
젖지 않고 가는 삶이 어디 있으랴

끝이 나지 않을 것만 같던 글이 어느새 이렇게 완성의 단계에 이르렀습니다. 처음 글을 쓰다 보니 부족한 점이 많습니다. 표현이 어색하거나 묘사가 부족해 거듭 수정을 하고 글을 다듬었지만 여전히 완벽한 글은 못 됩니다. 하지만 독자 여러분께 전달하고 싶었던 제 꿈을 글에 담아내기 위해 많이 노력했고 최선을 다했다는 점을 알아주셨으면 좋겠습니다. 부족한 문장력보다는 제가 표현하고자 했던 제 꿈에 더 주의를 기울여 주셨으면 하는 것이 책을 완성한 이 시점에서의 저의 작은 바람입니다.

저의 꿈은 의사가 되는 것입니다. 중학생 때부터 가져왔던 제 꿈. 그때는 단지 의학 드라마를 보며 '일반인은 죽어가는 사람을 그대로 둘 수밖에 없지만 의사는 그 죽어가는 사람을 살려낼 수 있구나' 라는 생각을 하며 생명을 살릴 수 있는 고귀한 직업인 의사를 꿈꿨었습니다. 하지만 그때 당시 제가 '의사'를 꿈꾸었던 것은 사람이 살아난다는 것에 대한 기쁨 때문이 아니라 남들이 못하는 일을 할 수 있는 모습에 대한 동경 때문이었을 것입니다. 그렇게 철없는 생각으로 정해버린 제 꿈에 대해 고등학교에 올라와 책쓰기 활동을 하면서 더 깊게 생각해 보게 되었습니다. '내가 진정으로 원하는 것은 무엇인가' 하는 질문을 계속해서 스스로에게 던지며 진지하게 꿈에 대해 생각해 보았습니다. 그렇게 깊게 고민하여 미래의 저의 모습을 담은 이 글을 썼습니다. 물론 글에서처럼 꼭 노인들을 위해 방문 진료를 다니는 의사로 고정시킨 것은 아닙니다. 어렵고 힘든 사람들에게 힘이 되어줄 수 있도록 노력하는 의사가 되고 싶다는 것을 말하고 싶었습니다. 그리고 열심히 노력하여 그 꿈을 이루고 싶습니다.

마지막으로 부족한 점이 많은 저의 글을 끝까지 읽어주셔서 감사합니다.

어느 멋진 날에
(12시 10분)

조현주

어느 멋진 날에

가벼운 발걸음, 산뜻한 공기, 햇볕이 내리쬐는 가로수길. 아, 오랜만에 평화로운 아침이다. 집에서 일찍 출발했기에 여유롭게 터미널에 도착했다. 2월 7일. 오랜만에 가족들이 있는 대구로 간다. 설렌다. 소중한 누군가에게 아주 기쁜 소식을 전하러 간다. 굉장히…… 굉장히…… 설렌다.

"♬~♪♪"

"여보세요?"

"엄마, 나 민서."

"엄마, 엄마, 언제 와? 아빠가 물어보래~!"

"음, 엄마 내일 아침에 갈 거야. 우리 민서, 아빠 말 잘 듣고 있어야 돼."

"응응, 지금 아빠랑 자전거 타니까 나중에 전화 할래."

"민서야, 자전거 조심해서 타야……."

"뚜– 뚜– 뚜– 뚜–"

여자아이가 이렇게 자전거를 좋아하는 일은 드문데……. 누가 내 딸 아니랄까 봐 성격 급한 건 엄마 쪽 빼닮았네. 오늘은 혼자 버스에 올랐다. 한 손에는 화투 패와 손수건을, 또 한 손에는 두꺼운 내복 세트를 들고. 34살 먹은 여자가 고향에 가면서 화투를 들고 가면 이상하게 생각할지도 모르지만, 내게는 보기만 해도 코끝이 찡해 오는 물건이다.

오랜 만에 나른하게 햇볕을 즐기고 있다. 버스 창문에 기대어 창 밖을 바라본다. 2월이면 아직 추운데, 오늘은 유난히 따뜻하다. 어쩌면 내가 요즘 너무 앞만 보고 달려오느라 따뜻해진 날씨조차 잊고 지냈는지 모른다. 어릴 적부터 내가 꼭 맡고 싶은 프로그램이 있었는데 우연찮게 기회가 생겨 요 며칠은 필사적으로 뛰어다녀야 했다. 물론 PD시험에 합격한 그 날부터 지금까지 난 지치지도 않고 참 열심히 살아왔다. 고등학교 때부터 나와 PD 준비를 해왔던 친구, 신애. 우리는 고향을 떠나 서울에서도 대학을 함께 다니며 며칠 전까지만 해도 같은 프로를 맡았었다.

"연우야, 오늘도 밤샘이야. 커피나 마시러 가자."

자정 무렵에 이어지는 항상 똑같은 신애와의 대화.

"또 커피? 만날 커피야. 이제 커피도 질려."

문득 신애와 함께 PD가 되고 싶다고 소리치던 고등학교 시절이 떠올랐다. 신애와 나는 같은 동아리에서 활동하며 꿈을 키워나갔다. 직접 PD를 찾아가 인터뷰를 하기도 하고, PD가 된 모습을 담아 책을 쓰기도 했다. 혼자서 어딘가를 향해 달려간다는 건 참 외로운 일이다. 하지만 같은 꿈을 가진 친구를 만나 함께 달릴 수 있어서 참 기뻤다. PD가 되고 싶다는 생각을 하면서도 '내가 정말 해낼 수 있을까' 하며 걱정하는 내게 신애는 참 많은 힘이 되어준 친구다.

고등학교 때, 내가 PD가 되고 싶다는 말에 많은 사람들은 '갑자기 PD라니?' 라는 반응이었다. 하지만 내게 PD란 직업은 절대 가벼운 꿈이 아니었다. 중학교 때부터 품어왔던 진심이 담긴 꿈이었다. 내가 PD라는 직업을 알게 된 것은 중학교에 막 들어섰을 무렵이었다. PD라는 직업 자체만으로도 매력을 느꼈지만, 매주 일요일 12시 10분에 우리 할아버지를 포함한 전국의 '할아버지 할머니들'을 TV 앞으로 끌어당기던 그 프로그램, 지금도 여전히 사랑받고 있는 '전국노래자랑'이라는 프로그램을 보면서 더 매력을 느꼈다. 중학교 시절, PD란 직업을 떠올리며 그런 생각을 했었다.

'우리 할아버지처럼 오랫동안 자기 프로를 기다리고, 챙겨봐 주는 애청자가 있다면 그 프로의 PD는 그것만으로도 충분히 행복하지 않을까?'

사실 중학교 때, 난 카피라이터니, 마케팅이니…… 하면서 꿈을 향한 많은 갈림길에서 허우적대고 있었다. 그러던 내가 고등학교 때 PD라는 직업에 마음을 굳힌 것은 전국노래자랑 애청자이신 할아버지의 영향이 컸다. 꿈을 향해 달릴 때, 힘들어도 흔들리지 않았던 것은 모두 할아버지 덕분이었다. 아마 가족들도 내가 왜 PD가 되고 싶었는지, PD가 돼서 뭘 이루고 싶었는지 몰랐을 것이다. 오늘이 오기 전까진.

버스의 앞문이 닫히는 소리가 들린다. 시간이 되자 버스는 매몰차게 출발했다. 그런데 그 때, 어느 할아버지가 4~5살로 보이는 손녀를 안고 허겁지겁 달려오신다.

"아이고, 아이고 기사양반!! 늦어서 미안합니데이. 아이고 미안합니데이."

버스 창문에 기대어 나른함을 즐기던 나는 고개를 들어 문 쪽을 보았다. 거기엔 우리 할아버지와 내가 있었다. 그리고 할아버지와 함께였던 나의 어린 모습이 보였다. 따뜻했지만, 가슴이 시렸던.

맞벌이 부부 가정이었기에 어릴 땐 할아버지 할머니와 함께 있는 시간이 많았다. 어릴 때부터 난 할아버지를 닮았다는 말을 참 많이 듣고 자랐다. '외모'에서.

그리고 커가면서 스스로 느낀 것인데 나와 할아버지는 외모만 닮은 것은 아니었다. 성격, 심리…… 그 밖에도 많은 것이 비슷했다. 난 할아버지를 무척이나 많이 닮아 있었다.

할아버지와 나 사이엔 많은 대화를 나누거나 산책을 하는…… 그런 친밀감은 없었다. 단지 난 말없이 할아버지가 가는 길을 뒤따라 걸었고, 가끔 뒤를 돌아보시며 그런 나를 챙겨 주셨던 할아버지. 사실 할아버지와 웃으며 긴 대화를 나눠 본 기억이 없다. 어쩌면 서로 '필요한 말'만 하고 살아왔는지도 모른다. 그래서 가족들도 나와 할아버지 사이에 있었던 무언의 깊은 정을 알지는 못했을 것이다.

할아버지는 무뚝뚝하셨고, 나는 조용했다. 인자하고 온화한 할아버지는 아니셨고, 나 또한 애교 많고 살가운 손녀는 아니었다. 이제와 생각해 보니 할아버지와 함께한 세월은 참 긴데, 할아버지께서 무슨 음식을 좋아하셨는지, 어떤 노래를 좋아하셨는지, 어떤 옷을 좋아하셨는지…… 잘 모르겠다. 그저 '할아버지' 하면 떠오르는 건 네 가지뿐이다.

전국노래자랑, 화투, 손수건, 그리고 자전거.

할아버지의 자전거로 난 참 많은 곳을 다녔다. 학교도, 시장도, 문방구도 모두 할아버지의 등 뒤에서 꼭 붙들고 앉아 있으면 갈 수 있었다. 할아버지의 주머니엔 늘 손수건이 있었다. 체크 무늬 손수건.

그리고 무척이나 맑았던 일요일. 그 날도…… 평소처럼 자전거를 타고 시장에 다녀오던 길이었다. 늘 그래 왔듯 난 할아버지 뒤에 앉아 있었다. 매일 포켓몬스터 주제곡을 불렀었지만 그 날은 처음으로 텔레토비 주제곡을 흥얼거리고 있었다.

"보라돌이 뚜비 나나 뽀 텔레토비 텔레……."

"끼이이이이익!!!!"
순식간에 일어난 일이었다. 난 길바닥으로 떨어졌다.
"으아아악."
눈을 질끈 감아버렸다.

지나가던 사람들이 나를 일으켜주었다. 눈엔 눈물이 그렁그렁했다. 고개를 돌렸을 때 할아버지는 조금씩 몸을 일으키고 계셨다. 물론 다른 사람들의 도움을 받고 계셨다.

"아이고, 우짜다가 넘어졌는교!! 괜찮십니꺼?"

"아이고 우짜꼬, 얼라도 있네, 야야 안 다쳤나?"

사람들의 말은 선명하게 들리지 않았다. 마치 다른 세상에 떨어진 기분이었다. 순간, 덜컥 겁이 났다. 예상과 달리 난 너무나도 멀쩡했으니까. 그 때 내 머릿속엔 대체 무슨 생각들이 스쳤을까. 작은 생채기 하나 없는 나에 비해 나에게 올 상처들을 다가지고 가신듯 한 할아버지를 보며 그 때의 난…… 어떤 생각이 들었을까.

주변을 찬찬히 둘러보았다. 우리를 일으켜준 사람들은 슬슬 자리를 떠났다. 지금 기억나는 그 때의 상황은 커브를 돌 때, 미처 보지 못했던 차가 와서 그 차를 피하려다 방향을 틀었고, 할아버지의 자전거는 거기에 서 있던 가로수를 들이받았다는 것. 그리고 갓 길에 떨어져 비틀거리는 할아버지와 나에게로 매서운 클랙슨이 호통을 쳤고 할아버지는 나와 자전거를 급히 인도로 올려놓았다.

할아버지의 팔과 다리가 빨갛게 물들었다. 난 아무 상처 없는 내 팔다리를 숨기고 싶었다. 아니, 차라리 할아버지의 상처를 내가 가져오고 싶었다. 늘 할아버지 곁에 있는 체크 무늬 손수건이 나 대신 할아버지의 빨간 팔을 감싸주었다. 내가 다치지 않았는지 살펴보신 할아버지는 정말 한 군데도 다치지 않은 나를 보시곤 다시 자전거 위에 앉혀놓으셨다. 그리고 할아버지의 빨간 다리는 묵묵히 걸었다. 할아버지의 빨간 팔은 자전거를 지탱했다. 우린 천천히 집으로 갔다. 내게 보이는 건 할아버지의 빨간 팔과 다리 뿐이었다. 자전거 안장을 잡은 내 손은 작게 떨렸다. 아무 말 없이 걷기만 하시는 할아버지.

"할배……."

"와."

"안 아프나……?"

"마, 괜찮다."

"인자 텔레토비 노래 안 부를게."

집에 도착한 뒤, 할아버지도 나도 언제나 그래왔듯 말이 없었다. 할아버지는 곧장 화장실로 가셨다. 상처를…… 씻어 내셨을 거다.

12시 10분_

"전국~ 빠바빠빠빠 빠바"

할아버지는 TV를 켜셨고, 익숙한 오프닝이 들렸다.

난 몰래 숨어서 할머니를 지켜보았다. 역시, 할머니께서는 할아버지의 상처를 발견하셨다.

"팔에 하고 다리에 하고 와 그런교?"

"거… 오다가 쪼매 다쳤다."

"어데서? 괜찮은교? 마이 다쳤구마."

"괜찮다."

"어허이 그래도 약이라도 발라놔야지."

"괜찮타카이! 됐다!"

할아버지는 옷을 갈아입으셨다. 긴 바지, 긴 팔.

그리하여 그 날의 사고는 그 날 저녁까지, 그 다음 날까지, 그 다음 해까지, 그리고 지금까지…… 그 어느 누구도 모르는 할아버지와 나만의 비밀로 남아 있다.

시간이 많이 지나 중고등학생이 되어서도 내 눈엔 옷으로 가려진 할아버지의 상처가 보이는 듯했다. 그 날 이후로 난 자전거를 탄 적이 없다. 아니 못 탔다. 자전거 안장에 앉아 있으면 뭔가 그 날의 기억이 떠오르는 것 같아, 할아버지의 상처가 보이는 것 같아 맘 편히 앉아 있을 수가 없었다. 중학교 때 친했던 친구들이 자전거를 참 좋아해서 나도 몇 번 자전거를 타보았으나, 2m 가는 것조차 내게는 너무 힘든 일이었다.

할아버지께도 있었고, 나한테도 있었던 하나, '내 공간'

할아버지는 내복을 입고 어색한 아빠다리로 TV 앞에 앉아 화투를 정리하셨다. 할아버지의 친구, 화투. 화투 패들은 할아버지가 정한 기준대로 할아버지의 공간 안에서 따로 분류되고 있었다. TV 앞에서 할아버지가 앉아계신 곳까지의 그 작은 공간은 할아버지만의 공간이었다. 가끔 내가 장난으로 화투를 건드리기도했다. 그 때를 생각하니 괜히 피식, 미소가 퍼진다. 내게 있어 내 공간은 내 서랍이었다. 아무리 가족들이라도 내 서랍에서 무언가를 찾고 있으면 그냥 기분이 나빴다. 뭔가를 들킬 것 같은 기분이랄까.

내가 할아버지와 멀어진 것은 초등학교 3학년 때였다. 할아버지와 할머니는 이사를 가셨다. 할아버지께서 떠나시기 전, 내 머리를 귀 뒤로 넘겨주시며 말씀하셨다.

"오빠야 하고 싸우지 말고 잘 있그래이. 나중에 또 보재이."

역시나, 참 간단한 인사였다.

그 다음 날부터 난 혼자 학교를 갔고, 혼자 집에 왔다. 문방구에 갈 때도, 시장에 갈 때도 더 이상 자전거는 없었다. 여전히 텔레토비를 좋아하던 10살 먹은 어린 이이는 '허전함'이란 걸 느끼고 있었다.

시간은 참 무섭게도 흘러갔다. 어느덧 나는 고등학생이 되기 위한 준비를 하고 있었다. 아마 그 때가 내 인생에서 가장 혼란이 많았던 시기일 것이다. 34살, 그 때로부터 17년이 지난 지금도 난 그 때의 내 모습을 떠올리면 아슬아슬했다고 표현한다.

10대의 나는 '인생'이란 걸 앞에 두고 참 많은 고민을 했다. 고등학교 진학부터가 문제였다. 그저 집에서 가까운 학교를 생각해두고 있던 내게 당연히 외고를 가고 싶어 할 줄 알았다는 어머니의 말씀은 나의 발걸음을 반대 방향으로 돌려버렸다. 난 그때 치명적인 실수를 하고 말았다. 깊게 생각하고, 또 생각해서 '이건 아니다' 싶을 땐 확고히 'NO'를 외쳤어야 하는데, '그냥 해보지 뭐' 하고 가볍게 결심해버렸다. 험난한 길인지 알면서도 '열심히'만 하면 아무 문제없을 거라고 생각했다. 전략도, 능력도 없었던 내겐 그저 열정만 넘쳤다. 아마 고3 때를 제외하고 내가 가장 열심히 공부했던 시기가 중3 겨울방학이었을 것이다. 나는 집에서 많이 떨어진 외고에 합격을 했고, 살아남아야 한다는 생각에 필사적으로 공부했었다.

전원 기숙사생활을 원칙으로 하던 학교였기에 입학식이 다가 올수록 조급해졌다. 슬슬 떠날 준비를 해야 했다. 입학식 전날, 여행용 가방을 꺼내 짐을 쌌다. 이제 한 달에 2번 오게 될 우리 집을 그렇게 작은 가방 안에 하나하나 챙겨 넣었다.

내가 고1이 될 만큼 오랜 시간이 흘렀으니, 많은 것이 변했을 터였다. 어느덧 난 할아버지의 키를 넘어섰고, 할아버지는 나를 올려다보고 계셨다.

"아이고 연우가 이제 마이 크데이. 내보다 크데이."

처음이었다. 할아버지가 많이 늙으셨다는 생각이 들었다.

"어릴 때는 쪼맨 하던기 인자 지 앞가림 다하고…… . 다 컸다. 다 컸어."

이제는 당신의 손을 떠나버린 다 커버린 손녀. 한편으로는 많이 섭섭하셨으리라. 내 손을 꼭 쥐시는 할아버지의 거칠고 검은 손은 참 작더라. 어릴 땐 내가 작아서 몰랐지만 시간이 흐른 뒤에야 알게 되었다. 할아버지는 참 작은 분이셨다.

고1 4월 첫째 주 토요일, 집이 많이 멀었던 나는 학교에 남아 있어야 했다. 룸메이트 친구들은 모두 집으로 갔고, 옆방, 그 옆방 친구들도…… . 학교에 남은 친구들이 몇 명 없었다. 오랜만에 학교도 기숙사도 조용했다. 자습실은 텅 비어 있었다. 그 동안 학교생활에 많이 힘들어 하던 나는 내 침대에 누워 처음으로 아무 생각 없이 아무런 걱정도 없이 누워 있었다. 입학한 지 한 달이 조금 넘은 날, 처음으로 기숙사의 내 방이 편안했고 내 침대가 편안했다. 조용히, 아무 소리도 들리지 않았다.

나른한 피아노 음악이 어울릴 듯한, 화창했던 그 날 오후, 난 책 더미를 끌어안고 자습실로 향했다. 200여 석이 있는 자습실에서 혼자 책장을 넘기기란 쉽지 않았다. 눈치 없이 맑은 날씨. 주말에만 이용할 수 있었던 핸드폰.

전화를 걸었다. 할아버지 댁으로.

예상대로 할머니가 받으셨다. 할머니의 목소리엔 나에 대한 걱정이 가득하셨다. 힘든 학교생활에 할머니의 목소리를 들으니 괜히 눈물이 날 것 같았다. 유독 할머니께만 어리광을 부리던 내 모습이 스쳐갔다.

그 때 작게 들리는 다른 이의 목소리.

"전화 그거…… 나도 함 바꿔도."

할아버지셨다. 할아버지랑 하는 전화 통화라니 괜히 기분이 이상했다. 할아버지는 귀가 어두우셔서 전화 받는 거 싫어하시는데. 할아버지 댁에 갔다 오면 늘 도착했음을 알리려 전화를 했었는데 그 때도 거의 할머니가 받으셨기에 할아버지와의 기억에 남는 통화는 이 날의 기억뿐이다.

"어…… 거…… 여보시오."

울컥.

할아버지의 목소리를 듣는 순간, 결국 참아왔던 눈물이 터져버렸다. 난 그 동안 쌓였던 서러움을 다 토해내고 있었다.

"할배~."

"아이고, 연우야, 거기 자는 거는 괜찮나? 밥은 잘 나오나? 잘 지내나?"

"내 잘…… 잘 지낸다."

"아이고, 니가 타지에서 고생이 많데이. 니가 효녀다. 효녀라. 거는 아들 다 열심히 잘 한다미. 마이 힘들제? 어떻노? 그래도 니는 천재니께 다 잘 하고 있을 기다."

천재. 할아버지는 내게 늘 천재라고 해주셨다. 뭐든지 잘 할 수 있을 거라고 열심히 해보라고. 어쩌면 부모님보다 나를 믿고 지지해 준 사람은 할아버지일지도 모른다.

"내 하나도 안 힘들다."

"너무 공부만 하지 말고 쉬다 하고 그래라이. 몸이 더 중요한 기라. 몸 아프마 열심히 해도 하나도 소용없는 기라. 멀리서 공부하느⋯⋯."

"흑⋯⋯."

오랜 만에 듣는 할아버지의 목소리에 하염없이 눈물이 흘러내렸다. 힘없이 축 처진 내 어깨를 차마 할아버지께 들킬 수가 없어 전화기를 막았다. 혹시라도 할아버지가 우는 소리를 들을까 봐 눈물을 참으려 천장만 봤다. 잠깐이라도 학교에서 벗어나 어릴 적 살던 집으로 돌아가고 싶었다. 전국 노래자랑도 보고 싶었고, 할아버지의 자전거도 타고 싶었다.

"니 와카노? 우나!!"

정말 깜짝 놀랐다. 내가 아무 말이 없어서였을까, 전화기를 꼭 막고 있었는데 소리가 새어 들어간 걸까. 마치 내 옆에 계시기라도 한 듯 나의 눈물을 금방 알아채셨다.

"울기는, 내 안 운다. 감기 걸려가지고 그런다."

"감기? 봄에 따시다고 찬거 자꾸 묵지 마라. 멀리서 아프마 그런 고생이 또 없데이."

눈물이 멈추질 않아 대답을 하는 게 너무 힘이 들었다.

"할배, 내 선생님 좀 만나야 돼서 가봐야 되겠다. 끊는데이."

"아이고. 그래. 빨리 가봐라. 몸 조심해라이."

"뚜― 뚜― 뚜― 뚜―"

나는 그 날, 그렇게 한참 동안 끊어진 전화기를 붙들고 있었다.

그리고 몇 달 후, 어느 토요일, 난 다시 짐을 쌌다. 그 학교의 기억들을 하나하나 챙겨 넣었다. 사실 힘들어서 그 학교를 나왔다는 것보다는 나오고 싶었기에 힘들었다고 표현하는 게 맞겠다. 처음 며칠은 수학여행 온 기분으로 들떠 있었다. 하지만 시간이 지나면서 눈 뜨자마자 학교에서 하루를 시작한다는 사실부터가 싫어졌다. 다람쥐가 쳇바퀴 돌리는 듯 돌아가는 재미없고 똑같은 일상이 싫었고 피곤한 일과를 끝낸 뒤 어느 곳 하나 마음 편히 쉴 곳이 없는 게 싫었다. 혼자만의 공간이란 어디에도 없었다. 방에도, 화장실에도, 복도에도 늘 친구들이 있었다. 거기에다 늘 학교에만 있어야 했기에 도대체 세상이 어떻게 돌아가는지 알 길이 없었다. PD를 꿈꾸며 더 넓게 시야를 확대하고 싶었던 나에게 그 곳은 더 이상 '학교'가 아니었다. 난 그 생활에 점점 지쳐갔다. 그 곳에서 느낄 수 있는 건 '답답함' 뿐이었다. 그 때, 난 하루하루를 '사는' 게 아니라 '살아내야' 했다.

기숙사에 있던 수많은 짐들을 다시 우리 집으로 돌려놓으며 그 학교의 기억들을 하나하나 정리했다. 나는 새 학교로 배정받았고, 다시 새로운 학교생활을 시작했다. 물론 도망쳐 도착한 곳에 낙원이란 없었다. 모두가 3월에 끝냈을 '적응'을 난 또 다시 해야 했고, 바로 일주일 뒤가 기말고사라는 사실은 날 더 힘들게 했다. 약간의 거리감이 느껴지는 첫인사와 함께 늘 뒤따르는 "왜 왔어?"라는 지겨운 물음. 그 때마다 나의 쓸쓸한 미소가 대답을 대신했다.

내가 내린 결정이었기에, 내가 너무 많은 사람들을 힘들게 했기에 책임을 져야 했다. 힘든 내색도 할 수가 없었고, 지친 모습을 보일 수도 없었다. 내 결정이 더 이상 '잘못된 결정'이 되지 않게 하기 위해 부단히 노력해야 했다. 밝은 미래를 위해서는 '더 열심히'가 내게는 최선의 방법임을 나 자신도 너무 잘 알고 있었다.

하지만 전학 오기 전에도 전학을 와서도…… 공부가 손에 잡히질 않았다. 머릿속은 늘 복잡했고, 멍하니 창 밖을 보는 시간이 길어졌다. 마치 방향을 잃고 흔들리는 돛단배 같았다.

결국 꿈으로 숨 쉬던 내 17살은 밑바닥 성적표에 의해 짓밟혔다. 움켜 쥔 종이 한 장에 의해, 나를 계산한 숫자들에 의해 짓밟혔다. 더 어두워진 미래를 받아들이는 건 너무나도 싫었다. 난 파라다이스를 찾기 위해 떠난 게 아니었다. 그저 몸과 마음이 둘 다 불편해야 할 3년이 싫어서 몸이라도 편할 수 있게 집으로 온 것뿐인데……. 그 전향에 대한 대가는 어둠뿐이었다.

지금 돌이켜 생각해 보면 그 당시의 힘들었던 기억들은 내 인생의 작은 점일 뿐이었다. 오히려 그 때의 고통은 내가 살아가는 데에 많은 도움을 주었다. 위기를 자신의 기회로 삼으라고 했던가. 학창시절에 내가 겪은 '실패'의 기억은 지친 내게 이를 악물게 하는 무한한 힘을 주었다.

나의 전학 사실은 친척 모두가 다 알고 있었다. 하지만 단 한 분, 할아버지는 모르고 계셨다. 알려드릴 수 없는 이야기였다. 할아버지께서 이 사실을 아시게 되면 분명 크게 실망하실 것이고, 난 그런 실망을 안겨드리고 싶지 않았다. 원래 사람은 완성과제보다 미완성과제에 대한 기억이 더 오래 남는다는데 이제는 할아버지께서 연세도 많아지셨고 기쁜 일보다 실망스러운 일을 더 오래 기억하실 것 같았다. 물론 엄마도 나와 같은 생각이셨다. 그래서 할아버지께 나의 전학 사실을 알려 드리지 않았다. 나중에 자랑스러운 손녀가 되면 말씀드리기로 결심했었다. 그 말씀을 못 드린 것이 내내…… 마음에 걸렸지만.

그 뒤로도 내가 할아버지 댁에 갈 때면 늘 할아버지께서는 멀리서 집에도 자주 못 오니 건강을 잘 챙기라고 하셨다. 난 가끔은 그게 참 싫었다. 나에게 전학 사실은 아픈 기억으로 남아 있다. 지금도. 그런데 잊고 싶은 그 일을 할아버지 댁에만 가면 다시 떠올리게 됐다. 물론 할아버지는 날 걱정해서 하시는 말씀이셨지만, 그 시절의 내겐 깨끗하게 잊고 싶은 기억을 들춰내는 일이었다. 철없던 나는 할아버지가 날 걱정해 주시는 걸 참 싫어했었다.

"끼이이이이익!!!"

뭐지? 갑자기 잘 가던 고속버스가 급정거를 했다. 열려 있던 가방이 떨어지며 내 프로그램 계획서들과 수첩이 쏟아졌다. 심장박동이 빨라졌다. 허겁지겁 물건들을 주워 담았다.

"기사양반, 무슨 일인교."

"뭐에요? 아저씨?"

다른 사람들도 어지간히 놀란 듯싶었다.

"아니요. 별거 아닙니다. 갑자기 강아지가 찻길에 뛰어드는 바람에 그런 겁니다. 다시 출발하겠습니다."

딴 생각에 잠겨 있을 때 일어난 일이라 더 놀란 듯싶다. 휴……. 고2 때도 이렇게 심장이 덜컹 하는 사건이 하나 있었다.

새 학교에서 슬슬 안정을 찾고 고2 과정을 준비할 겨울방학 때였다. 2009년 2월 7일. 자정이 지나고 1시가 다 되어갈 무렵, 엄마가 연이어 걸려오는 몇 통의 전화를 받았다. 난 그때 굉장히 무서운 꿈을 꾸고 있었다. 잘 기억은 안 나지만 난 울고 있었다. 자면서 눈에는 눈물이 흘렀다. 몹시도 무서운 꿈이었다. 너무 얕게 잠이 들어 있었는지 꿈속에서 엄마가 전화하는 소리를 들었다. 분명 엄마와 내가 무슨 대화를 한 것 같기도 한데 대화 내용은 전혀 기억이 안 난다. 그리고 엄마는 좀 혼란스러워 하시는 것 같더니 나를 부르셨다.

"연우야……."

엄마의 눈동자가 떨렸다.

"할아버지가…… 돌아가셨단다."

덜컹

나는 정신이 번쩍 들었다. 방금 들은 게 무슨 말인가 싶었다. 차라리 무서웠던 꿈속으로 다시 돌아가고 싶었다. 엄마와 오빠는 다급히 옷을 갈아입고 나갈 준비를 했다. 엄마는 내게 내일 새벽, 아빠가 오시면 같이 오라고 했다.

그날 밤. 휑한 우리집에선 쉴 새 없이 전화벨이 울렸다. 모두 친척들의 전화였다.

평소엔 어두우면 무서워서 이내 나와 버리는 내가 아무도 없는 불 꺼진 방에 혼자 있었다. 하나도 무섭지 않았다. 아무 생각이 들지 않았다. 머리가 텅 비어 있었고, 꿈속인지 현실인지 구분이 안 됐다. 한 달도 채 지나지 않은 설날에도 내 손을 꼭 잡아 주시며 다음에 또 놀러오라고 감기 걸리지 말고 건강히 잘 지내라고 하셨던 분인데…… 뭐, 뭐라고?

정말 믿을 수 없는 일이었다. 어느새 내 눈에는 눈물이 흘렀다. 아닐 거라고 아니었으면 좋겠다고 생각했지만, 이미 벌어진 일 앞에서 내가 할 수 있는 일이라고는 아무것도 없었다. '어쩔 수 없는 일'이라는 건 바로 이런 일이라는 생각이 들었다.

아무 것도 보이지 않는 깜깜한 어둠 속, 할아버지가 보였다. 내게 마지막 인사를 하러 오신 걸까. 우리 집으로 돌아갈 때, 매일 대문 앞에서 지켜봐주시던 할아버지가 보였다. 어둠 속의 할아버지의 웃음이 왜 그렇게 편안해 보이는지, 자꾸만 눈물이 흘렀다. 자꾸만 추억이 흘렀다. 아직 자랑스러운 손녀가 되지 못했는데, 전학 사실조차도 말씀드리지 못했는데……

2009년 2월 7일.
그렇게 할아버지는 나의 곁을 떠나셨다.

그날 밤, 두 시간 정도 잤던 것 같다. 눈을 떴을 때 절망했다. 어제의 일들이 꿈이 아니었다는 사실에.

곧 아빠가 들어오는 소리가 들렸다. 서울에서 허겁지겁 새벽기차를 타고 내려왔을 아빠였다. 힘겨운 세수를 마친 뒤, 택시를 탔다. 택시 안에서 아빠와 난 아무 말도 하지 않았다. 그저 창 밖을 바라보며 마음을 정리할 뿐이었다. 시간이 좀 느리게 흘렀으면 좋겠다고 생각했다. 그리고 얼마 후, 택시에서 내렸다. 도착했다. 정말 도착해 버렸다. 마음이 갑갑했다. 한 걸음 한 걸음 천천히 계단을 올랐다.

한 달 만에 만나는 할아버지의 얼굴 앞으로 옅은 연기가 피어오르고 있었다. 꽃들에 둘러싸인 할아버지, 그리고 그 앞엔 여러 과일들. 그날은 참, 할아버지가 낯설었다.

할아버지께 2번 절을 했다. 영정사진. 왜 자꾸 자전거 위의 할아버지가 겹쳐 보이는 걸까. 고개를 들 수가 없었다. 곧바로 난 유족 휴식실로 가서 불을 끄고 눈을 감았다. 눈뜨고 싶지 않았다. 그냥 잠들고 싶었다. 머릿속을 비우고 싶었다. 눈을 떴다. 그 곳엔 아픈 현실만 있었다.

많은 분들이 왔다 가셨다. 불 꺼진 방에서 계속 눈을 감고 누워 있었다. 시간은 벌써 새벽 4시. 도저히 잠을 잘 수가 없었다. 다른 사람들이 자고 있는 틈 사이로 조심스럽게 방을 빠져나왔다. 여전히 환한 빈소에는 나 말고도 아직 잠들지 못한 두 사람이 있었다.

할머니.

그리고 우리 아빠.

할아버지의 영정사진과 마주한 셋째아들, 아빠의 모습. 술에 취해야 진심을 말하는 아빠는 그 날도 엄청 술에 취해계셨다. 아빠는 할머니께 말했다.

"내가 아부지한테 죄가 많아가 잠을 못자는 갑다."

처음이었다. 아빠의 눈물을 본 건. 어쩌면 아빠는 그날 밤을 기억하지 못할지도 모른다. 난 발길을 돌려 다시 유족 휴식실로 돌아갔다.

아빠와 할머니, 그리고 나는 그렇게 한참을 깨 있었다.

이틀 째 되던 새벽. 사진으로 남은 할아버지와 마주앉아 있었다. 난 할아버지를 보고, 할아버지는 나를 보셨다. 할아버지는 아무 말씀이 없으셨다. 새벽에 손수건 하나가 다 젖었다.

3일장의 마지막 날. 모두가 영결식장에 모였다.

우리가 할아버지께 드리는 마지막 선물, 수의. 수의를 입으신 할아버지의 모습이 아직도 눈에 선하다. 딱딱한 침대 위에 차가워진 할아버지가 누워계셨다. 머리가 하얗게 샌 아들, 딸들이, 이제는 다 커버린 손자, 손녀들이 모두 서 있는데 할아버지는 눈을 뜨지 못하셨다. 우릴 보지 못하셨다.

마지막으로 한 명씩 할아버지 앞에 설 시간. 제일 어린 내가 마지막 차례였다. 누워계신 할아버지의 수의를 뚫고 그 때의 빨간 상처들이 보였다. 영결식 내내 눈앞엔 자욱한 안개가 꼈다. 추억이 흐르는 소리가 울려 퍼졌다.

그 날 만진 딱딱하고 차가운 할아버지의 발.

우리가 사라질 때까지 대문 앞에서 손을 흔들어줄, 머리를 귀 뒤로 넘기며 건강히 지내라고 말씀해 주실 할아버지를…….

이제
다시는……

만날 수 없다.

그리고 관이 닫혔다.

마음이 찢어진다는 건…… 이런 느낌이다.

곧 산에 도착했고, 차에서 관을 꺼냈다. 잠깐 하얗게 눈이 내렸다. 작고 몽실한 눈이, 눈이 내렸다. 할아버지의 묘 자리까지는 조금 더 올라가야 했다. 난 걸을 힘조차 없으셨던 할머니를 부축하고 천천히 아주 천천히 걸음을 옮겼다.

"자꾸 안 하던 짓을 하드만 먼저 갈라고 그랬나. 그러마 나는 우짜노 이 영감아……. 아이고, 그 때 밥 한 그릇을 다 묵고 또 '한 숟가락 더 도, 한 숟가락만 더 도' 하는 거를 내가 여사로 넘겼는데 그게 그렇게 맘에 걸린다, 연우야……."

나에게는 어릴 적을 함께한 할아버지셨지만, 아버지께는 50여 년을 키워주신 아버지셨지만, 할머니께 할아버지는 언제나 옆에 있어준 애인이었으며, 티격태격 살아온 친구였고, 80평생 희로애락을 함께해 온 남편이었다. 우리의 눈물엔 추억이 있었지만, 할머니의 눈물엔 평생이 있었다.

묘 자리에 다다를 무렵, 눈이 그쳤다. 정말 할아버지를 보내드려야 할 시간이

다가온 것이었다. 깊고 깊은 구덩이 속으로 관을 내려다 놓았다. 차마 볼 수가 없어 고개를 돌렸다. 관 위로 흙을 채웠고, 아저씨들은 기둥을 꽂았다. 천천히 돌며 땅을 밟으셨다.

"잘 좀 밟아 주이소."

큰 고모의 말이었다.

산에서 내려갈 때, 발걸음이 떨어지질 않았다. 이 추운 곳에서 어떻게 혼자 계시려고……. 뒤를 돌아보았다. 할아버지는 더 이상 우릴 배웅해 주지 않으셨다.

할아버지의 유품을 정리하기 위해 돌아간 할아버지 댁. 모두가 모여 있던 방에서 혼자 나와 할아버지의 화투가 있는 작은 방으로 갔다. 3일 전까지만 해도 할아버지가 계셨던 방이다. 옷, 모자, 안경, 손수건, 그리고 화투까지. 모든 게 그대로였다. 방문을 열면 늘 할아버지께서 침대에 누워계셨다. 내가 땅 바닥에서 자려고 하면 침대 위에서 자라며 자리를 비켜주시던 할아버지셨다. 그 날의 침대는 휑했다.

집에 가기 전, 할아버지의 체크 무늬 손수건에 화투 몇 장을 담았다. 아무도 모르게 주머니 속에 넣어왔다. 내게 남은 할아버지의 손때 묻은 물건, 할아버지의 흔적. 지금도 여전히 '내 공간' 안에 있다.

부스럭부스럭

사람들이 짐 챙기는 소리가 들렸다. 어린 시절을 떠올리는 동안 벌써 대구에 도착했다. 대구 냄새. 대구에 오면 서울에서는 느낄 수 없는 대구 냄새가 난다. 곳곳에 묻어 있는 추억들이 새록새록 떠오른다.

가벼운 발걸음, 산뜻한 공기, 햇볕이 내리쬐는 가로수길. 아, 평화로운 오후다. 여유롭게 산소 근처에 있는 터미널에 도착했다.

2025년 2월 7일.

오랜만에 온 대구. 설렌다. 소중한 누군가에게 아주 기쁜 소식을 전하러 간다. 굉장히…… 굉장히…… 설렌다.

택시에 올랐다. 한 손에는 화투 패와 손수건을, 또 한 손에는 두꺼운 내복 세트를 들고. 오랜만에 나른하게 햇볕을 즐기고 있다. 택시 창문에 기대어 눈을 감았다. 2월이면 아직 추운데, 오늘은 유난히 따뜻하다.

"오늘 뭐 기분 좋은 일 있어요?"

나의 미소를 본 택시기사가 말을 건넸다.

"20여 년을 준비해 온 제 꿈이 드디어 이루어지거든요."

"이야, 20년. 나도 20년 전에는 꿈이라는 게 있었는데. 아주머니는 꿈이 뭐였는데요?"

"음, 비밀이에요."

"에이, 그러니까 더 궁금하네. 뭐였는데요?"

"…… 누군가와 함께 자전거를 타는 거요."

"아따 20년이나 기다려서 자전거를 타요? 허허허, 남편 몰래 만나는 첫사랑이라도 되는가 봐요?"

"글쎄요? 하하핫."

한바탕 웃음꽃이 피었다.

"아, 여기 내려주세요,"

"예, 8,300원입니다."

내린 뒤 문을 닫으려는 찰나,

"축하해요."

"네?"

"꿈 이루는 거 축하한다고요. 그동안 많이 노력하셨을 것 아니예요. 하하."

잠시 심장의 울림이 느껴졌다. 어릴 적부터의 기억들이 파노라마처럼 머릿속을 스쳐갔다.

"아저씨도 20년 전의 꿈, 다시 한 번 도전해 보는 거 어때요?"

미소가 번졌다.

"그럼, 조심히 가세요.^^"

난 소중한 사람에게 다가가고 있다. 오늘의 나를 있게 해준 소중한 사람에게 한 걸음 한 걸음 다가가고 있다. 저기…… 저기 멀리…… 드디어 보인다.

할아버지 앞에 섰다. 할머니와 다른 가족들이 새벽에 다녀 가셨나보다. 음식들이 놓여있다. 이제 난 무슨 말부터 꺼내야 할까.

"할배…… 잘 있었나. 마이 춥제."

챙겨온 내복 세트를 꺼냈다. 할아버지의 비석에 조심스럽게 내복을 두른다. 처음으로 할아버지가 옷 입는 걸 도와드리고 있다.

"어제 지나가다가 할배 생각나서 하나 사왔다. 내가…… 내가 너무 늦었제."

이제 겨우 입을 떼는데 자꾸 눈물이 흐른다. 다행히 오늘은 손수건을 챙겨왔다. 할아버지 것, 내 것, 2개.

"여름에 더우면 이걸로 땀 닦고, 겨울에는 내복 입고…… 할배 혼자 심심할까 봐 화투도 들고 왔는데. 이것도 너무 늦었나."

벌써 손수건이 다 젖어간다.

"할배, 내가 오늘 꼭 할배한테 하고 싶은 말이 있는데, 내 말 듣고 있나……."

마음이 아프다.

"요즘에도 노래자랑 챙겨보나. 내가…… 내가…… 이제 할배 노래자랑 구경시켜 줄 수 있게 됐는데."

우연히 기회가 생겨 그 기회를 놓치지 않으려 부지런히 뛰어다녔다. 그 덕에 월요일부터 전국노래자랑 PD로 발령받았다. 신애와 함께하던 프로그램을 할 수 없게 된 것은 아쉬웠지만, 학창시절에 마음에 담아두었던 꿈을 이루었기에 너무 기뻐 눈물이 흘렀다. 나의 사정을 다 알던 신애는 나를 안아주며 진심으로 축하해 주었다. 그리고 아침 일찍 할아버지께 달려왔다. 빨리, 조금이라도 더 빨리 기쁜 소식을 알려드리고 싶었다. 할아버지가 기뻐하실 모습을 보고 싶었다.

"할배, 내 인제 더 열심히 일 할게. 하루하루 할배가 보고 있다고 생각하면서 진짜로 열심히 할게. 친구들한테 자랑 많이 해야지, 손녀가 노래자랑 PD됐다고. 일요일 되면 만날 노래자랑 구경하러갈 거라고……!"

"5살 때는……. 유치원 때는……."

할아버지와 마주 앉아 처음으로 옛날 애기를 하며 시간을 보낸다. 평화롭다. 눈은 울고 있지만, 지금 나는 참 행복하다.

"아, 그리고 아직 할배한테 못한 말도 하나있는데……."

17살에 생겨버린 응어리를 이제야 풀고 있다.

"고등학교 때, 내가 다른 학교로 전학 갔었는데……. 이제 와서 말해가지고 많이 섭섭하제. 일부러 말 안 한 거다. 내가 꼭 자랑스러운 손녀가 되면 그 때 말 할라고 마음먹고 그런 거니까 너무…… 너무 섭섭해 하지 말고……."

"♬♪♬♪"

남편의 전화다.

"여보세요? 여보. 도착했으면 전화해 줬어야지. 시간 많이 지났는데 연락이 없어서 해본 거야."

"아, 미안해요. 잘 도착했어요."

"이번엔 당신이 고집 피워서 혼자 보냈지만, 다음엔 꼭 같이 가야 돼."

"그럼요. 다음엔 꼭 같이 와요."

"잠깐만 기다려 봐. 민서가 엄마 보고 싶대."

"엄마, 엄마. 나 민서. 엄마 언제 와?"

"우리 민서, 엄마가 아까 내일 아침에 간다고 했지?"

"내일? 흠. 아빠랑 자전거 다 탔어. 심심해. 빨리 와."

"자전거…… 재미있었어?"

"응응, 내일 엄마랑 또 타러 갈래."

"그래, 심심하면 아빠한테 책 좀 읽어 달라고 해. 배고프면 오무라이스 해달라고 하고. 과자 먹지 말고 밥 먹어, 밥. 알았지?"

"응응."

"그래, 내일 보자, 민서야."

민서와의 통화에 '그 날'의 기억이 또 떠오른다. '그 때'의 자전거가 떠오른다. 할아버지의 상처가 이제는 다 아물었을 거라고 생각한다.

"나중에 민서 쪼매 더 크면, 민서 데리고 한번 올게. 민서도 할배 많이 보고 싶어 하는데. 그 기집애가…… 그 기집애가 자전거를 우예 그래 잘 타는지. 지 엄마 안 닮아서 자전거 하나는 잘 탄다."

내복을 두른 비석 옆에 손수건에 쌓인 화투를 놓았다.

"할배, 내 이제 가야되겠다. 엄마아빠도 만나고, 할매도 만나러 갈라고. 나중에 또 오게. 내 간대이……. 진짜로 간대이……."

오늘도 할아버지는 배웅해 주지 않으신다. 조심조심 산에서 내려간다. 다 내려왔을 무렵, 뒤를 돌아보았다. 그런데 저기, 내복을 입은 한 노인이 멀어지는 손녀에게 손을 흔들며 말한다.

"내 하나도 안 춥데이. 내 걱정 하지 마래이. 아, 그라고……."

손녀의 눈엔 또 한 번 추억이 흐른다.

"내 노래자랑 꼭 챙기 보게."

분주한 세트장. 수백 명의 방청객들.

"어이 김PD, 이제 몇 분 후면 첫 방송인데 설레지?"

"어? 신애야! 웬 일이야?"

"니가 그렇게 하고 싶었던 프로 첫 방인데 내가 빠질 순 없지!"

"와줘서 고마워."

같이 하던 프로그램을 매몰차게 그만 둔 나에게 섭섭한 마음이 들만도 한데, 축하해 주고, 격려해 주고 이제는 챙겨주기까지 하는 신애가 참 고맙다.

"너 프로그램 바뀌어도 여전히 바쁘구나? 눈에 그늘이 심한데?"

"아, 어제는 좀 바빴어. 사실 산소 갔다 왔거든."

"아, 그랬구나. 니 소식 듣고 할아버지 엄청 좋아하셨겠다."

"그러셨겠지? 좋아하셨겠지?"

"아, 나중에 산소 갈 때 나도 한 번 같이 가자. 우리 고등학교 때부터 쭉 알고 지낸 사이에다 2년 동안 같은 프로 맡았었는데 인사 한 번 드려야지!"

"그래, 나중에 같이 가자."

"김연우 PD님! 여기 좀 봐주시죠."

"아, 네! 금방 갈게요."

"여기도 와주셔야겠습니다!"

"아, 네!"

"하하, 엄청 바쁘네, 김연우! 앞으로 나 없이 잘 해야 된다! 아자 아자!!"

"고마워, 신애야, 나 잘 할게! 있다 보자."

반가운 신애를 뒤로한 채 허겁지겁 여기저기를 돌아다녔다.

모든 준비가 끝났다.

그리고 잠시 후,

"자, 이제 카메라 돌아갑니다."

떨린다.

이제 곧 내 손으로 이끌어갈 노래자랑이 시작된다.

"전국~ 빠바빠 빠바 빠바~"

아, 그 익숙한 오프닝이 들린다.

그 때처럼, 지금도 들린다.

그 노래가……

여전히 들린다.

저 멀리 울려 퍼지는 경쾌한 소리.

사람들의 함성.

하늘 높이 날리는 풍선들.

마치 천국을 보는 듯.

오늘 따라 하늘은 더 눈부시게 맑다.

촉촉해진 내 눈가에 따뜻한 햇살이 앉았다.

코끝이 찡해온다.

눈앞이 자꾸 흐리다.

할아버지……,

.

.

.

.

지금……
보고 계신가요……?

기억은...
더 많은 나이를 먹고
추억이 된다

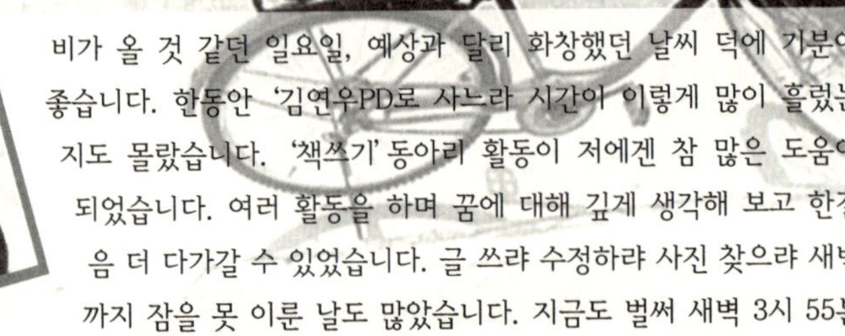

비가 올 것 같던 일요일, 예상과 달리 화창했던 날씨 덕에 기분이 좋습니다. 한동안 '김연우PD로 사느라' 시간이 이렇게 많이 흘렀는지도 몰랐습니다. '책쓰기' 동아리 활동이 저에겐 참 많은 도움이 되었습니다. 여러 활동을 하며 꿈에 대해 깊게 생각해 보고 한걸음 더 다가갈 수 있었습니다. 글 쓰랴 수정하랴 사진 찾으랴 새벽까지 잠을 못 이룬 날도 많았습니다. 지금도 벌써 새벽 3시 55분이네요. 금방이라도 눈을 감으면 잠이 들 것 같지만 이제 이런 날도 마지막이라고 하니 시원섭섭한 마음에 계속 컴퓨터를 마주하고 있습니다.

읽으면서 이미 눈치 채신 분들도 계시겠지만, 이 이야기는 할아버지와 저의 실제 이야기입니다. 책을 쓰는 내내 어릴 적을 떠올리면서 눈물을 훔쳐가며 썼습니다. (감정몰입이 중요했기에 가족들에겐 완벽하게 비밀리에 진행되었답니다.^-^)

제가 할아버지와의 이야기를 통해 전하고 싶었던 바는 단순히 어릴 적 이야기만은 아닙니다. PD라는 꿈을 갖게 된 계기를 드러내고 싶었고, PD가 되어 활동하는 미래의 제 모습도 나타내 보고 싶었습니다.

여름방학 때 신애와 함께 직접 PD를 찾아가 인터뷰를 했었습니다. 그 후 저에겐 꿈에 대한 구체적인 계획이 생겼습니다. 나중에 PD가 되어 책임프로듀서가 되면 꼭 맡고 싶은 3가지 프로그램이 있습니다. 우선 할아버지를 위한 '전국노래자랑'. 그리고 시간이 조금 지난 후에는 '사회고발프로그램'을 만들어 우리 사회 곳곳에 숨어 있는 '악'을 찾아내고 싶습니다. 그런 '악'들로 인해 고통스럽게 소외받으며 살아가는 시민들의 애환을 담아, 사람들이 그들에게 관심을 갖고 따뜻한 마음을 전할 수 있게 하고 싶습니다. 마지막으로 예전에 MBC에서 방영되었던 '느낌표'라는 프로그램의 속편을 만들고 싶습니다. 느낌표에서는 '책을 읽읍시다', '눈을 떠요', '위대한 유산 74434' 등 시청자들에게 도움이 되고 그들의 참여가 필요한 코너가 많았습니다. 저는 MBC느낌표의 '국민 공감'이라는 취지를 헤치지는 않지만, 저만의 독특한 시각으로 만들어낸 새로운 '느낌표'로 시청자들에게 다가가고 싶습니다.

수필을 쓰는 마음으로 소설을 썼기에 어색한 부분들이 많아서 아쉬움이 남습니다. '꿈'과 '추억'을 동시에 드러내는 것이 제 소설의 목표였기에 두 부분의 균형을 맞추려는 노력을 많이 했습니다. 그러나 여전히 어린시절의 이야기에 집중된 느낌이 들어 그 또한 아쉬움이 큽니다.

제 이야기를 다 읽으셨다면 잠깐 동안 눈을 감아주십시오.
그리고 떠올려주십시오.
잊고 지냈던 소중한 사람들, 행복했던 기억들, 아련한 추억들을요.
하늘에도 도서관이 있겠죠? 할아버지께서 제 책을 꼭 보셔야 할 텐데…….
화창했던 오늘처럼, 내일도 햇볕이 내리쬐는 맑은 날이었으면 좋겠습니다.

예쁜 표지그림을 주신 조이나님,
글을 마치며 배경사진을 제공해 주신 김지현님 모두 감사드립니다!
그리고 짜증내면서도 밤을 새워가며 주인공을 그려줬던 고마운 또 한 사람,
이 책을 군대에서 보고 있을 오빠에게도 감사의 뜻을^^…

http://blog.naver.com/whdlsk/ 표지 출처.
http://blog.naver.com/vovaoavov/ '글을 마치며' 배경 출처.

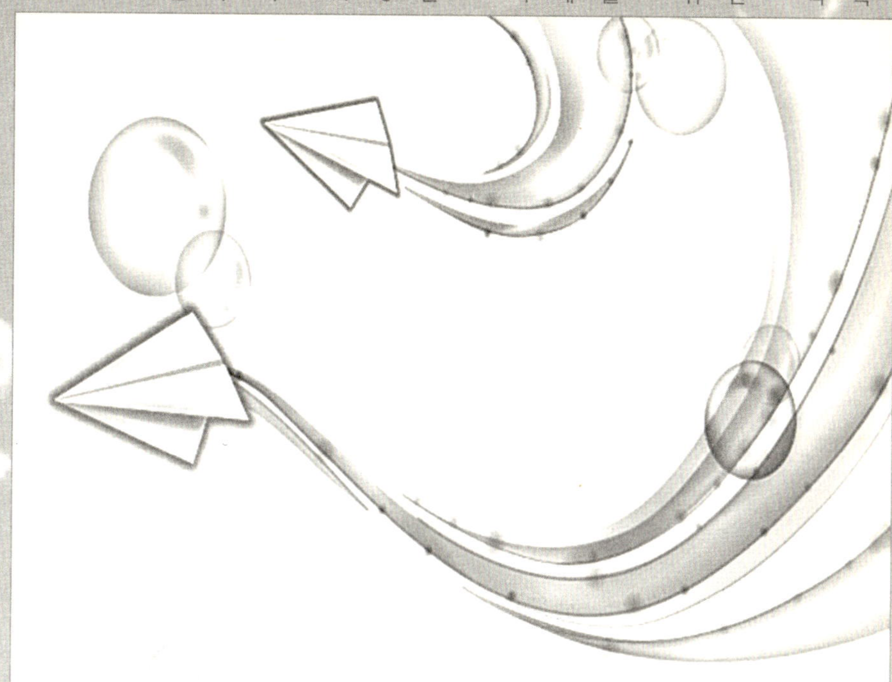

철없는놈
좋은놈
사랑받는놈

김명애

1. 겉도 속도 한없이 철없던 나

▶ 수업 중

"라면"

"볶음밥"

"초콜릿"

"빙고 끝! 내가 이겼다."

"아, 뭔데! 명애 벌써?"

"응! 이거 봐라. 한 줄, 두 줄, 세 줄, 네 줄, 라스트, 다섯 줄!"

"아싸! 그럼 오늘은 은빈이가 쏘는 거다!"

"와아아!"

▶ 또각 또각 또각

"오늘 성적표가 발송됐다."

"아아아!"

"어쩌겠니. 열심히 공부 좀 하라니까. 다른 전달 사항은 없다. 이상!"

"차렷. 경례!"

"감사합니다."

"아, 뭔데……. 성적표 직접 주면 되지. 그걸 또 우편으로 부치냐!"

"그러게……. 쌤 진짜 너무해."

"야, 그래도 오늘 부쳤으니까 며칠 뒤에 도착하겠지?"

"그렇겠지?"

"그럼 오늘은 놀자! 뭐 먹을까?"

"떡볶이!"

"오케이! 고고싱!"

▶ 떡볶이 집

"아줌마, 떡볶이 2000원, 튀김 1000원, 김밥 1000원어치 주세요."

"알았어. 조금만 기다리렴."

잠시후.

"와아아! 먹자!"

쩝쩝쩝.

"야, 우리 먹을 땐 왜 이렇게 말이 없지?"

"그러게. 하하하."

▶ 골목길

"이제 배도 채웠겠다. 뭐할까? 노래방 어때?"

"좋지!"

▶ **노래방 안**

"살다보면 그런 거지! 우후 말은 되지. 모두들의 잘못인가. 난 모두 다 알고 있지. XX. 말달리자! 말달리자! 말달리자! 말달리자! 와아아! "

▶ **노래방 밖**

"아, 짜증나. 성적표가 머리에서 둥둥 떠다녀."

"이만 갈까? 기분도 안 나는데."

"그래. 내일 보자."

▶ **명애의 집**

"다녀왔습니다."

"이노무 가시나야! 왜 이제 와!"

"어, 엄마……."

"이리 앉아봐!"

"……."

"성적표 왔다. 성적이 왜 이래! 공부 좀 하라 그랬잖니. 언니는 저렇게 잘 하는데, 넌 왜 그 모양이야! 언니 공부 하는 거 안 보이니?"

"왜 또 언니하고 비교하고 그래! 언니는 언니고! 나는 난데!"

"어디서 말대꾸야!"

"으아앙! 흑흑흑! 만날 내보고만 뭐라 그래! 흑흑흑."

"뭘 잘 했다고 울어! 방에나 들어가!"

쾅!

"흑흑흑……."

"괜찮아. 엄마가 좀 흥분해서 그래."

"흑흑흑. 이게 다 언니 때문이야!"

나는 많이 나돌아 다녔다. 친구들과 논다는 핑계로 매일매일 밤을 나다녔고, 집에 잘 붙어 있지 않았다. 물론 학교에서 수업을 하는 도중에도 열심히 수업에 집중하지 않았고, 그렇기 때문에 성적도 좋지 않았다. 또한 학교를 마치고 나서 곧장 집으로 간 적도 거의 없었다. 그땐 왜 그랬는지. 지금에 와서 보니 일종의 사춘기적 반항이었던 것 같다. 그때는 내가 하는 일에 누군가가 참견하는 것을 싫어했고, 나에게 어떤 일을 시키는 것도 싫어했다. 그냥 친구들과 어울려 노는 것만을 좋아했다. 그래서 어딘가를 가지 않고 집에만 있을 때면 괜히 짜증이 났고, 성질만 부렸다. 그리고 집에 있을 때 하는 일이라고는 컴퓨터로 인터넷 채팅을 하며 친구들과 노는 것뿐이었다. 그때 언니는 옆에서 열심히 공부를 하고 있었을 텐데. 나는 왜 그랬는지 모르겠다.

그리고 내 생각에 나는 언니와 참 많은 비교를 당했었다. 언니는 나보다 예뻤고, 공부도 잘 했고, 미술도 잘 했다. 항상 옆에서 언니를 예쁘다고 하는 소리를 들었고, 공부도 잘 해서 많은 상장을 받는 것을 보았다. 그리고 그림도 잘 그려서 미술에 관한 상장도 많이 받았다. 내가 보기에 언니는 만능이었다. 그런 언니가 참 많이 부러웠다. 그래서 괜히 언니에게 더 투덜거리고, 못되게 굴었다. 엄마의 사랑을 독차지하는 언니가 부러웠고, 밖에서도 언니 칭찬만 하는 이웃들이 얄미웠다. 이웃들은 나에게 "언니처럼 잘 해야지."라고 말하곤 했는데, 어린 나에게 그 말이 얼마나 심적 부담이 되었는지 아무도 모를 것이다. 그래서 나는 언니에게 강한 경쟁심을 느꼈다. 운동을 할 때도 언니보다 더 잘 하려고 노력했고, 언니가 상장을 받았을 때는 나도 상장을 받아 오려고 애썼다. 언니는 나에게서 가장 큰 자극제이자 경쟁상대였다. 이렇게 항상 언니를 의식했던 어린 나였다.

▶ **뚝뚝뚝**

"진정 됐어?"

"응."

"자, 성적표."

"이게 내 성적표야? 이렇게 못 쳤어? 으아앙!"

"네가 공부 안 한 거잖아! 그렇게 혼난다고 내가 공부 하라고 했잖아."

"어떻게 하는지 모른단 말이야! 내가 언제 해봤다고 그래. 하는 방법 몰라! 흑 흑흑…."

"……."

"공부하는 방법 가르쳐줘. 뭐부터 공부해야 될지도 모르고, 어떻게 해야 될지도 몰라."

"알았어."

"근데 있잖아 언니. 언니는 이번 성적 몇 점 나왔어?"

"나 이번에 최고로 잘했어. 반에서 1등 했어."

"진짜! 얄미워 죽겠어!"

난 이런 실망스러운 나의 성적표를 받고 공부를 시작했다. 또한 그런 내가 공부를 하는데 자극이 되었던 것은 언니였다. 나의 실망적인 성적과 언니의 하늘 같은 성적은 정말 하늘과 땅 차이였다. 어린 내 마음에 큰 상처가 남았다.

2. 꿈을 발견한 나

남들보다 많이 뒤쳐진 상태로 나는 공부를 시작했다. 한번도 해보지 않은 공부라는 것을 시작하고 나는 많은 스트레스를 받았다. 아무리 책을 보고 암기를 하여도 성적은 쉽게 오르지 않았다. 나는 공부를 시작하기는 했지만 시험을 칠 때마다 생각보다 잘 나와 주지 않는 성적 때문에 울기도 많이 울었고, 스트레스를 받아 힘들어했다. 그래도 다행인 것은 어릴 때부터 언니의 공부 모습을 봐왔기 때문에 책상에 앉아 있는 것은 그리 어렵지 않았다. 나는 최대한 앉아 있으려고 노력했고, 최대한 그 앉아 있는 시간 동안 공부를 하려고 노력했다.

중1 초기 때는 놀았기 때문에 성적이 좋지 않았다. 하지만 2학기 때는 공부를 시작했고 그 무렵 한 친구와 더 친해지게 되었다. 조현주라는 친구. 이 친구는 공부를 잘 했다. 우리 반 1등! 원래 좀 독특하면서도 재미 있어서 나와 친했던 친구였는데 내가 공부를 하기 시작했을 때 많은 도움을 주었다. 또한 정말 운이 좋게도 중2 때도 우린 같은 반이 되었다. 우린 정말 기뻐했고, 더욱 친해졌다. 2학년이 되고나서 현주는 나에게 많은 공부 비법들을 가르쳐 주었다.

▶ 중2 첫 시험을 친 후

"성적표 나왔다."

두근두근.

"김명애."

"네."

평균 89점. 등수 75등.

"현주야! 나 100등 넘게 올랐어!"

"축하해 명애야. 계속 그렇게만 공부하면 성적이 계속 쑥쑥 오를 거야. 명애 화이팅♥"

"고마워. 다 현주 덕분이야."

현주는 나에게 참 많은 도움이 되는 친구였고, 항상 내 옆에 있어준 친구였다. 지금에서야 하는 말이지만 "현주야 정말 고마워♥" 그런데 그런 현주도 나와 떨어질 수밖에 없었다. 고등학생이 되고, 서로 다른 학교에 가게 되었기 때문이다. 서로에게 큰 힘이 되었던 우리였는데……. 반이 다르더라도 항상 집에 갈 때는 같이 가던 그런 친구였는데. 우린 졸업식 날 서로를 부둥켜안고 많이 울었다. 오랫동안 헤어져 있어야 하니까. 고등학생이 되면 만날 수 있는 시간이 줄어들게 된다는 것을 우린 너무나 잘 알고 있으니까.

그렇게 현주와 헤어지고 나의 고등학교 생활이 시작되었다. 나는 현주가 가르쳐 준 패턴으로 계속 공부를 하기 시작했다. 고등학생이 된 후 만난 친구가 지금 나에게 현주와 같은 존재인 오연주라는 친구이다. 연주도 공부를 잘했다. 현주처럼. 그리고 현주와 같이 나를 이끌어주었다. 그런 연주도 나에게 많은 도움이 되었다. 나는 참 운이 좋은 아이인 것 같다. 이렇게 착하고, 도움이 되는 친구들을 많이 만나는 거 보면.

▶ 수업 시간

꾸벅꾸벅.

"명애! 일어나아."

"음. 연주, 나 잠 와."

"쉬는 시간에 자."

탁탁탁!

"아, 응."

계속 공부를 해오고 있었다. 그런데 공부한 만큼 성적이 잘 나오지 않아 슬슬 지치고 있었다. 또 고등학교는 중학교처럼 만만하지 않았다. 물론 중학교도 만만하지는 않았지만 말이다. 등수를 올리는 것은 어려웠고, 등수를 유지하는 것조차 결코 쉽지 않았다. 고등학교에서 등수보다 등급이 중요하다고는 하지만 경쟁심이 많은 나에게 등수는 등급 못지않게 중요했다.

▶ 고1, 2학기 시험을 친 후

"흑흑흑."

"명애야, 왜 울어."

"언니. 난 왜 이렇게 공부를 못하지? 흑흑흑."

"아니야. 남들이 보면 너 공부 잘 해!"

"흑흑흑. 그래도 언니는 더 잘 하잖아! 내 친구들도 다 공부 잘 한단 말이야."

"남들하고 비교하지 마. 너만 힘들어져 바보야."

"흑흑흑."

토닥토닥토닥.

슬슬 지쳐가고 있는 나에게 한 가지 좋은 제안이 들어 왔다. '책쓰기 동아리' 라는. 문학 담당이신 김묘연 선생님께서 나에게 같이 책쓰기 동아리 활동을 해보자고 제안하셨다. 그렇게 나의 기억 속에 길이 남을 동아리 활동이 시작되었다. 처음엔 책을 읽고 나서 그 책에 대해서 자신들의 생각을 발표하고 의견을 나누었다. 그렇게 책들을 탐구하다가 자신들의 솔직한 이야기로 들어갔다. 모두의 힘들었던 가정사, 혼자만의 싸움인 공부 등등 많은 이야기를 우리는 서로에게 터놓았다. 우리는 서로의 얘기를 들으면서 공감도 하고, 서로를 위해 울어주기도 하는 그런 동아리 활동을 하게 되었다, 그렇게 동아리 활동은 우리에게 편안하게 다가왔고, 정이 든 가족 같은 동아리가 되었다. 이렇게 나에게 책쓰기 동아리는 아주 큰 의미로 자리 잡았다. 그리고 우리 동아리의 이름은 '꿈을 실어 나르는 책지게' 이다. 이런 동아리의 이름처럼 우리 동아리의 최종 목표는 각자의 꿈을 찾는 것이다. 우리 멤버들은 동아리 활동을 하면서 많은 고민을 하며 자신들의 꿈을 찾았다. 나도 이 동아리의 일원으로 동아리 활동을 하면서 나의 꿈을 찾을 수 있었다.

▶ 동아리 활동 시간

"오늘은 자신의 꿈을 고민하면서 드는 생각들을 털어놔 보자. 먼저 연주."

"저는…… 검사가 되는 것이 꿈이에요. 저는 좀 정의파라서 나쁜 짓을 하는 사람들을 혼내주고 싶어요. 그런데 아시다시피 검사라는 직업이 쉬운 게 아니라서 걱정이에요."

"저는 꿈은 크게 잡는 것이 좋다고 생각합니다. 어렵지 않고, 힘들지 않는 것이 어디 있습니까. 열심히 노력만 한다면 그 꿈을 이룰 수 있다고 생각합니다. 그러니까 연주야 힘내! 연주는 꼭 할 수 있을 거야."

짝짝짝.

"다음은 명애."

"저는 어려서부터 정말 많은 꿈을 생각했었어요. 유치원 선생님, 초등학교 선생님. 작가, 아나운서, 공무원 등. 그 중에서 다시 추려보니 아나운서랑 공무원이 남았는데 아직도 이 두 개의 직업 중에 어떤 것이 좋을지 정하지 못했어요."

"왜 그런 직업이 하고 싶었어?"

"아나운서는 엄마가 원하는 직업이라고 할까? 저희 엄마가 제가 태어날 적에 이름을 지으러 갔는데 거기서 꼭 이 아이는 아나운서를 해야 한다고 했대요. 그래서 "아나운서 해야 한다"는 소리를 어릴 적부터 많이 듣고 자라서 지금은 그게 머리에 박혀 있어요. 그리고 공무원은 사무직이잖아요? 제가 서류 정리를 하거나 사무직하는 일을 좋아하거든요."

"근데 아나운서는 꼭 엄마 때문에 하려고 했어?"

"아니. 그게 처음에는 저도 아나운서를 하고 싶었어요. 텔레비전에 예쁜 얼굴을 가진 아나운서들이 너무 멋진 멘트들로 텔레비전을 보는 사람들을 집중시키잖아요. 그게 너무 멋있어 보였어요. 그런데 아나운서에 대해서 조금 조사를 해봤는데 너무 막막한 거예요. 시험도 5차시까지 있고, 토익, 토플 등 여러 가지 자격증도 있어야 하고, 처음에는 '나도 할 수 있다!' 라고 생각했는데 점점 부담되고 걱정만 늘게 됐어요."

"그럼 공무원을 하는 것이 낫겠다. 명애는 동아리에서도 정리를 맡아 하고 있고, 우리가 봐도 너는 사무 처리하는 것을 좋아하고 잘 해. 명애가 꿈을 위해 열심히 노력했으면 좋겠다. 우리 명애 화이팅♥"

"응!"

"다음은……."

▶ 나의 꿈 발견

최종 찾게 된 행정 공무원이 나의 꿈이 되었다.

"공무원이 꿈이라고?"

남들이 이해하지 못 할 수도 있다. 하지만 나는 행정 공무원을 나의 목표로 삼았다. 그렇다면 나는 왜 행정 공무원이 되고 싶은 것일까. 그것은 나의 성격과 적성에 맞는 직업이 행정 공무원이었기 때문이다. 나는 학교에서 'MBTI' 검사를 한 적이 있다. 그 검사 결과 나의 성격을 종합해 보면, '계획성이 있고, 책임감이 강하다. 그리고 어떠한 일을 능률적으로 수행해 나가는 것에 만족하며, 안정을 중요시 여긴다. 또한 사무 행정 관리, 계산, 회계정리 등 체계적, 조직적 능력이 있다.' 는 결과가 나왔다. 그리고 그런 적성에 맞는 직업으로는 비서, 행정 공무원, 세무사, 법회계사 등등이 나왔다. 나는 이런 나의 특성을 파악한 뒤 정말 내가 하고 싶은 것이 무엇인지를 생각해 보았다. 그래서 내가 최종 선택한 직업은 행정 공무원이었다.

3. 꿈을 이룬 나

나는 지금 내가 그렇게 꿈에도 그리던 행정 공무원이 되었다. 이 자리에 오르기 위해서 내가 얼마나 많은 노력을 했던가. 정말 기쁘다. 행정 공무원이 된 지금 나는 하루하루 행복한 삶을 보내고 있다. 내가 하고 싶은 일을 하면서 내가 만나고 싶은 분들을 만나면서 뜻 깊은 하루하루를 보내고 있다. 나는 행정 공무원이 되면 내 주변의 어려운 분들을 도와드리고 싶다는 생각을 하고 있었다. 그래서 나는 동사무소에서 일하게 된 후 그곳에 오시는 노인분들의 일 처리를 도와드리고, 노인분들과 담소를 나누며 마음이 따뜻해지는 것을 느꼈다. 그리고 이럴 때 나는 행정 공무원이 된 것이 정말 뿌듯하고 기뻤다.

▶ 동사무소

"할머니, 무슨 일 때문에 오셨어요?"

"이거, 이 무슨 서류가 필요해가꼬."

"네. 할머니 여기 앉아 계세요. 제가 그 서류 가지고 올게요."

“그려.”
“선배. 이거! 등본하고, 가족증명서하고…….”
“야, 오늘 퇴근하고 시간 있냐?”
“시간? 왜?”
“오늘 나랑 어디 좀 가자.”

▶ 퇴근 시간

“어디 가는데?”
“일단 그냥 따라와.”

▶ 수퍼

칫솔, 비누, 옥시크린, 피죤 등등 가정용품을 담는 선배.
“선배, 이거 왜 사? 나 선배 장보러 데려온 거야?”
“쉿 그냥 조용히 따라와. 갈 곳이 있어서 그래.”

▶ 어느 할아버지 댁

똑똑똑.
“누고?”
“할아버지 저 승우에요.”
“아이고 승우 왔나. 뭘 이리 또 사가꼬 왔노.”
“별거 아니에요. 할아버지. 저녁 드셨죠?”
“아직 안 묵었지. 아직 5시밖에 안 됐는데.”
“그럼 할아버지 앉아 계세요. 제가 맛있는 밥 해드릴게요”
“그려.”

▶ 지글지글 보글보글

“선배. 저 할아버지 아는 분이셔?”

"아니, 저번에 우리 동사무소에 한번 오셨던 분인데, 보다시피 할아버지께서 다리가 불편하셔서 어디 돌아다니시지를 못해. 넌 들어가서 할아버지 다리나 주물러 드려."

"알았어."

"할아버지, 밥 다 됐어요. 된장찌개 했어요."

"아이고 맛있네. 너희도 어서 묵어라 배고플긴데."

"네, 잘 먹겠습니다."

▶ 밥 다 먹고 설거지를 한 후

"할아버지, 뭐 처리해야 되는 일 없어요?"

"어, 이거. 무슨 내용인고?"

"건강 의료 보험비네요. 할아버지."

"얼만데?"

"몇 달 밀렸네요. 4만 5000원요……."

"그려……. 좀 많구만."

"그러네요."

"그럼 할아버지, 나중에 또 올게요."

"그려 수고혀.

이렇게 생판 모르는 남을 도와주는 선배의 모습을 보고 나는 정말 진한 감동을 받았다. '어떻게 생판 모르는 남인데 저렇게 해드릴 수 있을까' 라는 생각이 들었고, 그동안 내가 동사무소에서 한 그런 자그마한 일들은 아무것도 아닌 것 같았다. 그런 선배의 모습을 보면서 나도 선배처럼 아름다운 일들을 하며 살고 싶다는 생각이 들었다.

이런 선배의 모습을 본 것은 내가 동사무소에서 일을 하게 된 후 1년쯤 됐을 때의 일이었다. 지금의 나의 모습은 그때의 아름다운 선배의 모습을 닮아 있다. 물론 동사무소에 오신 노인 분들께 그때처럼 최선을 다하고 있고, 이제는 더 나아가 많은 노인분들의 집도 찾아뵙고 있다. 그때의 선배 모습처럼. 그래서 지금은 알게 된 노인분들이 많이 생겼고, 나보다 오랜 세월을 사시면서 많은 경험을 쌓으신 노인분들과의 담소는 나에게 많은 것을 일깨워주는 뜻 깊은 시간이 되고 있다. 나의 이런 자그마한 행동으로 나를 향해 밝게 웃어주시고 나를 예뻐해 주시는 노인 분들을 떠올릴 때면 나는 더없이 기쁘고 뿌듯하다.

그러나 나는 노인분들과 이야기를 나누면서 안타까움을 느낀 적이 있었다. 노인분들이 여러 가지 혜택들을 제대로 알지 못하여 그 혜택을 받지 못하시고 계시다는 것을 느낄 때마다 나는 마음이 불편했다. 우리나라 정부는 몸이 불편하시거나 힘들게 생활하시는 노인분들께 많은 도움을 주고 있다. 그런데 그것을 받으실 수 있는 분들이 그런 것이 있다는 사실 조차 모른 채 그냥 힘들게 살아가시고 계신 것이다. 너무나 안타까운 일이다.

▶ 딩동딩동

"할머니, 저 왔어요."

"아이고 우리 명애 왔나? 어여 들어와."

"할머니, 저녁 드셨어요?"

"아직 안 묵었지. 머 먹고 싶은 거 있는겨? 할미가 해줄게."

"할머니가 저번에 해주신 계란찜 먹고 싶어요."

"그려. 앉아 쉬고 있어. 할미가 후딱 해가지고 올게."

"아니에요, 할머니, 같이 만들어요. 저 이제 시집도 가야 하는데 요리를 잘 못해서…."

"요즘은 여자가 요리 못해도 괜찮아. 남자가 요리하믄 되지이."

"할머니, 이리 앉아 보세요. 제가 다리 주물러 드릴게요."

"그려."

주물럭주물럭.

"할머니 시원하세요?"

"그려, 그려."

"할머니. 할머니는 나라에서 돈 주는 거 있으세요? 할머니 다리도 안 좋으시고 자식들도 다 멀리 있는데."

"몰러. 저번에 동사무소에서 뭐 여러 종이 작성하면 된다는디. 눈도 안 보이고 온통 뭔지를 알아야지. 그냥 놔뒀어."

"에그 할머니 그럼 안 돼요. 내일 점심시간 맞춰서 동사무소 오세요. 제가 보고 작성해 드릴게요. 알았죠?"

"그려 알았어."

나는 이러한 안타까운 현실을 알게 된 이상 그냥 두고 볼 수만은 없었다. 그래서 나는 다양한 혜택이 있다는 것을 노인분들께 설명하기 시작했고, 내 힘으로 할 수 있는 한 최대한의 도움을 드리고 있다. 나조차도 머리가 아픈 여러 가지 서류들을 하나하나 노인분들께서 이해하실 수 있게 설명을 해드리면서 직접 신청서도 작성해 드리고, 혜택을 받는 것도 일일이 다 확인해 드리고 있다. 이런 나의 행동에 많은 노인분들께서 정말 고마워하신다.

나는 이렇게 나의 꿈을 이루었다. 고등학교 때부터 꿈꿔왔던 나만의 꿈을 이루었다. 나는 지금의 나의 모습에 뿌듯함을 느끼고 있고, '내가 정말 행복한 삶을 살고 있구나.' 라는 생각이 들 정도로 행복하다.

　철이 없어 어머니, 언니 등 주변 사람들의 마음을 아프게 했었습니다. 저는 이 글을 쓰면서 그런 저의 모습이 떠올라서 그때 일을 많이 후회를 했습니다. 그 중 가장 죄송한 분이 저의 어머니이십니다. 저는 어머니께 참 못된 딸이고, 철없는 딸이었습니다. 하지만 지금은 그런 어머니를 가장 먼저 생각하는 딸이 되었습니다.

　고등학교 때 저는 책쓰기 동아리를 시작했습니다.

　이 동아리는 저에게 행정 공무원이라는 꿈을 찾게 해주었습니다. 그리고 확실히 저의 꿈을 행정 공무원 쪽으로 결정하게 해주신 분은 저의 고 1때 담임선생님 '박준환선생님'이십니다. 저에게 끊임없이 "무엇을 하고 싶으냐?" "너의 꿈이 무엇이냐?"라는 질문을 해주셨습니다. 저는 이 동아리 활동과 1학년 때 담임선생님 덕분에 제 인생에 대해서 더 진지하게 생각해 보고 제 꿈을 정할 수 있었습니다.

　이 글에서 소제목 3인 '꿈을 이룬 나'는 제가 바라는 저의 미래 모습입니다. 제가 행정 공무원이 되어 하고 싶은 일들을 생각해 봤습니다. 지금부터 제가 꿈꾸는 미래의 모습을 이룰 때까지 저는 끊임없이 노력할 것입니다. 이것이 꼭 이루어 내고 싶은 저의 단 하나의 꿈이니까요.

　저는 18년 동안의 짧은 인생에서 가장 뜻 깊은 일을 고르라면 이 책쓰기 활동을 고를 것입니다. 독자들께서 저의 글을 어떤 식으로 받아들여주실지는 잘 모르겠습니다. 이렇게 글을 쓰는 것은 처음이라 저의 글이 많이 부족하더라도 제가 아직 미숙한 학생이라는 점을 생각하시고 너그러이 봐 주시면 고맙겠습니다. 저의 책을 끝까지 읽어주셔서 정말 감사합니다.

봄이 오기까지

오연주

'춥고 외로웠던 긴 겨울 속에서 헤매고 있을 때
검사님을 만나 따뜻한 봄을 맞이할 수 있었습니다.
검사님이 보여준 관심과 사랑. 잊지 않겠습니다.'

· 봄 이 · 오 기 까 지 ·

  푸른색과 하얀색 페인트로 채색된 3층 건물 앞으로 화려한 화환이 줄지어 서 있다. 색색의 리본으로 포장된 새로 지어진 건물은 원래 그 자리에 있었던 것마냥 주변 경관과 잘 어우러져 조화를 이루었다. 건물 위로 '사랑의 집 준공식'이라는 현수막이 크게 걸려 있었고, 많은 하객들과 무거운 카메라를 어깨에 올린 기자들이 운동장에 북적거렸다. 사람들은 모두 건물 앞에 설치된 단상 위에 서 있는 여자를 바라보고 있었다.

  노란 정장을 입은 여자는 산뜻한 봄날의 개나리 같았다. 그녀는 50대 후반의 나이라고는 믿기지 않을 정도로 훨씬 더 젊어보였다. 많은 사람들 앞에 선 그녀의 모습에서 당당함과 카리스마가 풍겨졌다. 군데군데 골이 패인 주름살이 보였지만, 그마저도 중후한 나이의 여성만이 가질 수 있는 매력을 뽐냈다. 어떤 남자에 견주어도 밀리지 않을 만큼 강렬한 인상을 주는 그녀는 바로 몇 달 전 퇴임한 강수현 전 서울 지검장이었다. 그녀는 피도 눈물도 없는 냉정한 여검사로 불렸던 초임시절과는 달리, 피해자의 아픔뿐만 아니라 가해자의 상처까지도 끌어안는 정의로운 검사 상(像) 으로 많이 알려진 인물이었다.

자신을 향한 수많은 시선을 여유롭게 즐기던 그녀가 고개를 숙여 인사하자 사람들이 큰 박수로 답했다. 소리가 잦아들고 잠시 후 그녀가 입을 열었다.

"안녕하십니까. 사랑재단 이사장 강수현입니다. 바쁘신 와중에 이렇게 자리해 주신 여러분께 깊은 감사의 뜻을 전합니다. 오늘은 기다리고 기다리던 사랑의 집 준공일입니다. 저는 한 소년과의 약속을 이제야 지키게 되었습니다. 26년 전……."

검은 하늘에는 보랏빛 구름이 짙게 드리워져 있고 구름 사이로 피를 머금은 듯한 붉은 달이 떠 있어 기괴한 모습이었다. 가지만이 앙상하게 썩은 어두운 숲 속에서 한 여자가 재빠르게 달리고 있었다. 시간이 지날수록 여자의 몸에는 생채기가 늘어났지만 그녀는 느끼지 못하는 듯 계속해서 달렸다. 무언가에 쫓기는 듯 뒤를 돌아보는 얼굴에는 공포가 가득 했다. 그녀는 숨이 턱밑까지 차오르고 점점 다리에 힘이 빠져가는 걸 느꼈다. 설상가상으로 사방에서 나도는 비명소리가 머릿속을 파고들어 정신이 흐려졌다. 애써 정신을 부여잡으려고 노력했지만 이미 몸은 지쳐있었다. 얼마나 달렸을까?

절망스럽게도 그녀의 앞에 끝이 보이지 않는 높은 벽이 가로막고 서 있었다.

'안 돼…….'

멈추어 선 그녀의 뒤로 어느새 검은 물체가 뒤쫓아 왔다. 다가온 검은 물체는 사람의 형상을 하고 있었다. 온통 어둠으로 가려진 사람들을 보자 전신에 소름이 끼쳤다. 그들의 손은 먹이를 노리는 독사처럼 서서히 그녀의 목으로 다가갔다. 쫙 벌어진 손이 금방이라도 그녀의 목을 움켜쥘 것 같았다. 그녀는 피할 수 없었다. 피하려고 했지만 공포에 짓눌려 뻣뻣하게 굳어버린 몸이 마음대로 움직이지를 않았다. 그녀는 눈조차 깜빡이지 못하고 점점 거대하게 다가오는 손을 바라보고 있을 뿐이었다. 마침내 먹이를 낚아챈 독사는 온 힘을 다해 먹이의 숨통을 조이기 시작했다. 고통으로 부릅뜬 그녀의 눈에 물이 차올랐다. 그녀는 힘껏 소리쳤지만 벌어진 입 사이로 신음소리조차 나오지 않았다.

흐릿하게 보이던 얼굴이 조금씩 뚜렷하게 보이기 시작했다. 가까이 다가 온 그들은 이제껏 그녀의 손을 거쳐 교도소에 간 범죄자들의 얼굴을 하고 있었다.

'당신이 나를 이렇게 만들었어!'

'모두 다 너 때문이야!'

'너도 죽어버려!'

원망스러움이 짙게 배어 있는 목소리가 귀에 박혔다. 그들의 얼굴은 고통과 슬픔으로 일그러져 피눈물이 흐르고 있었다.

'제발, 누가 좀 구해줘!'

"아악!"

바닥에 널브러져 있는 옷가지. 책상 위 이리저리 흩어져 있는 서류뭉치들. 아무렇게나 굴러다니는 먹다 남은 음식들까지. 여자 혼자 사는 곳이라기보다는 노총각이 사는 곳같이 지저분하고도 낯익은 공간은 분명 내 오피스텔이었다.

휴, 또 그 꿈을 꾼 건가. 며칠 새 좀 무리했더니 몸이 허약해진 모양이었다. 어느 날 부턴가 자꾸만 기분 나쁜 꿈을 반복적으로 꿨다. 그 악몽은 떠올리기만 해도 벌써부터 숨이 턱하고 막혔다. 아직도 심장이 쿵쾅거리며 뛰고 있었다.

째깍째깍.

어슴푸레한 새벽빛이 새어 들어오는 어두운 방 안에서 숨을 고르고 있자니 으스스하게 울리는 시계 초침 소리가 괜히 신경쓰였다. 정확히 4시를 가리키고 있는 시계를 물끄러미 쳐다 보다 베개 밑으로 쑤셔 넣어 버렸다. 하필 재수 없게 4시에 깨다니, 이 기분으로 도무지 다시 잠들기는 틀린 것 같았다. 식은땀으로 온통 젖어버린 찐득한 몸을 씻기 위해 침대에서 일어나 샤워실로 향했다.

찬 물로 세수를 하고는 거울을 봤다. 어느새 내 얼굴 주위로 악몽에서 보았던, 아니 실제로 직접 내가 구형을 했던 범죄자들의 얼굴이 떠올랐다.

'도대체 내가 뭘 했다는 거야!'

"촤악―"

갑자기 밀려드는 짜증에 씻던 손을 들어 거울에다 물을 뿌렸다. 생각하지 말자. 눈을 감고 세차게 고개를 흔들며 샤워기에 몸을 맡겼다. 시원한 물줄기가 몸에 닿자 좀 전의 섬뜩하고도 찝찝한 기분이 조금씩 사라지는 것 같았다.

뛰어오느라 가빠진 숨을 잠시 고르고 문을 열었다.

"안녕하세요. 늦어서 죄송합니다."

커피를 즐겨 마시는 계장님이 여느 때처럼 커피포트 앞에서 물을 끓이고 있었고, 그 뒤로 타자기를 두들기는 민영씨의 모습이 보였다.

"좋은 아침입니다. 검사님이 지각을 하시다니 내일은 해가 서쪽에서 뜨려나 봅니다."

계장님이 물을 부으며 장난스런 얼굴로 말했다.

"그러게 말이에요. 역시 세상은 오래 살고 볼 일이라니까요"

동감이라는 듯이 모니터에서 눈을 돌려 인사를 건넨 민영씨가 고개를 끄덕이며 덧붙였다. 그리고는 서로 눈빛을 주고받고 킥킥거리며 웃었다.

기분 좋게 샤워를 마친 뒤 잠깐 눈을 붙인다는 게 그만 너무 편히 잠들어 버렸다. 깊이 잠들다 갑자기 눈을 번쩍 떴는데, 어느새 시간이 훌쩍 지나 있었다. 부리나케 옷을 갈아입고 어젯밤에 먹다 남긴 우유를 손에 들고 뛰어나왔다. 평소에는 그렇게도 많던 택시가 오늘 따라 한 대도 보이질 않았다. 겨우 택시를 잡아타고 연신 택시기사를 다그치며 법원에 도착했는데 야속하게도 시간은 출근 시각을 넘긴지 오래였다.

'다 그 악몽 때문이야.'

뭐가 그렇게 재있는지 웃음을 멈추지 않는 두 사람을 애써 모른 척하며 자리에 앉았다.

"계장님, 오늘 배당된 사건은 언제 말씀해 주실 건가요?"

왠지 미운 마음에 잔뜩 힘을 주어 말했건만 계장님은 특유의 포근한 웃음을 지으며 두꺼운 서류뭉치를 옆구리에 끼고 내 자리로 유유히 걸어 왔다. 뜨거운 커피가 든 종이컵을 입에 물고서 서류뭉치를 뒤적이는 모습이 영락없이 옆집 아저씨처럼 보였다.

"이미 다 정리해 놨지요. 어젯밤 30대 남자가 흉기에 찔려 숨진 채로 발견됐습니다."

"야, 쟤 학교는 왜 온데?"

"그러니까 말이야. 나 같으면 그냥 자퇴하겠다."

"아니다. 살긴 왜 사냐? 차라리 죽는 게 낫지 않아?"

"맞아."

"푸하하."

따스한 햇볕이 내리쬐는 오후. 지겨운 수업이 끝나고 선생님이 교실 문을 나서는 순간, 아이들의 즐거운 놀이는 시작된다.

나는 교실 한쪽에서 허벅지가 훤히 드러나는 짧은치마와 가슴 선을 여지없이 보여주는 몸에 딱 달라붙는 셔츠를 입은 아이들 사이에 있었다. 어른 흉내를 낸답시고 정성껏 화장을 했지만 어디를 보나 여지없이 '나 학생이에요'라고 써놓은 아이들 사이에서 역겨운 화장품 냄새를 참느라 구역질이 날 것만 같았다. 아이들은 교실 문 바로 앞자리에서 고개를 푹 숙이고 앉아 있는 진아를 가리키며 큰소리로 차마 입에 담지 못할 말을 서슴없이 내뱉고 있었다. 불과 2주 전까지만 해도 같은 무리에서 웃고 떠들던 친구에게 말이다.

진아가 왕따가 된 건 무리를 이끄는 진하정의 눈 밖에 나면서부터였다. 진하정이 진아를 싫어하는 눈치를 보이자 평소 그녀와 친하던 세 명의 친구가 합세해 진아를 따돌렸고 며칠이 안 되서 우리 반 왕따가 되었다. 이유는 단지

'재수없다'

그뿐이었다. 그런 말도 안 되는 이유에도 진아가 왕따가 되기까지는 그리 긴 시간이 걸리지 않았다. 학교 내에서 문제아로 유명한 진하정과 그 친구들의 말에 감히 반기를 들 사람은 아무도 없었다. 진아의 오랜 소꿉친구인 나조차도.

손가락질까지 해대며 진아를 깎아 내리기에 열중인 진하정의 말에 주위 친구들은 연신 맞장구를 치고 있었다. 까르르거리며 웃는 아이들의 표정은 정말로 재미있어 보였다. 뭐가 그렇게 재미있을까. 이런 의문조차 지겹다.

머리를 비우기 위해 창 밖으로 시선을 던졌다. 어느새 내 주위로 얇은 막이 생겨나고 아이들의 목소리가 차단되었다. 그렇게 나만의 세계에 점차 젖어 들어가고 있는데 갑자기 진하정이 유독 말이 없는 나의 팔을 치며 물었다.

"수현아, 너 쟤랑 어떻게 계속 같이 다녔어? 솔직히 짜증났지?"

"으응? 당연히 짜증났지……."

'그렇지 않아.'

한치의 망설임도 없이 반사적으로 대답했다. 내 생각과는 반대로 내 몸은 일사불란하게 움직이고 있었다. 안면근육은 자연스럽게 미소를 만들어 냈고 목소리는 여느 때와 같이 작은 떨림도 없었다. 정말이지 이제는 어느 쪽이 진짜 내 마음인지 구별하기가 쉽지 않았다. 마음에 드는 대답이었는지 진하정은 입꼬리를 올리며 말했다.

"그렇지?"

내가 당연하지라는 표정으로 고개를 끄덕이자 진하정은 다시 호들갑을 떨며 왕따놀이에 집중했다.

'그만해! 진아가 너희한테 뭘 했다고 이러는 거야.'

이번에도 역시나, 목구멍까지 올라온 말을 또 다시 삼킬 수밖에 없었다. 불타오르는 정의감보다도 다음 희생자가 내가 될지도 모른다는 두려움이 더 컸기 때문이다. 아이들에게 괴롭힘을 당하는 진아를 볼 때면 항상 마음이 아팠다. 마음이 여린 진아가 상처받고 있다는 생각에 도와주고 싶었다. 하지만 아이들이 진아의 책을 찢어버리거나, 체육복을 쓰레기통에 던져 버릴 때에도 진아가 아이들에게 둘러싸여 손찌검을 당할 때조차도 아무런 도움을 주지 못했다.

아니, 그러지 않았다. 평화로운 학교생활을 위해서 나는 진아의 옆이 아닌 아이들 사이에서 그저 묵묵히 방관하고 있었다. 나는 속마음과는 전혀 다른 표정과 말들로 암묵적으로 왕따놀이에 가담하고 있었다.

작지만 그 어떤 것보다도 강력한 두려움 때문에 미처 몰래 만날 용기조차도 못 가지고 내가 진아를 위해서 한 일이라고는 가끔씩 진아에게 전화를 걸 뿐이었다. 진아를 위로하기 위해서였는지 차오르는 죄책감을 씻어내기 위해서였는지는 모르겠지만 나는 진아의 이름을 다정하게 불러주고 싶었다. 하루하루가 지나면서 자꾸만 메말라가는 진아의 목소리를 들으며 이유모를 서러움에 복받쳐 눈물을 흘리면서 용서를 구했다. 정작 울고 싶은 건 내가 아닌 자신이었을 텐데도 괜찮다며, 오히려

"수현아 울지 마. 난 네가 이렇게 전화해 줘서 정말 고마워."
라고 말했었다. 바보같이……. 그 말을 믿은 난 더 바보였나 보다.

영하를 맴도는 강추위가 계속 되던 겨울날. 하늘은 뭐가 그리 화가 났는지 무서운 기세로 눈비를 내리 퍼부었다. 회색빛의 눈비는 세상의 아름다운 색을 앗아 가 버렸다. 나의 발목을 부여잡는 눈길을 밟아대며 마치 격렬한 폭풍처럼 거세게 내리는 눈발을 뚫고 교문을 지나 현관문에 다다랐을 때는 이미 손발이 꽁꽁 얼어 있었다. 손에 입김을 불며 계단을 올라오는데 분위기가 영 이상했다. 저마다 짝을 지어서 수군수군 거리고 있었다. 무슨 일인가 싶어 지나가는 아이들의 애기를 엿들었다. 잘 들리지는 않았지만 언뜻 들어보니 누군가의 자살에 대한 애기인 것 같았다.

'자살'

날 쳐다보는 그 애의 눈을 피했던 순간부터 내 심장을 옭아매 왔던 불안감의 정체는 바로 이거였다. 심장이 쿵쾅거리며 박동수가 빨라졌다. 나는 불길한 마음을 애써 감추며 교실에 들어섰다. 진아의 얼굴이라도 보기 위해 살짝 눈을 들어 문 바로 앞에 있는 자리를 쳐다봤다. 진아는 없었다. 이미 등교 시간은 지나 있었고, 진아는 여태껏 한 번도 지각을 하지 않았었다. 의아한 마음에 가방을 찾아보았지만 그마저도 보이질 않았다. 대신에, 색이 바랜 국화꽃 한 송이만이 책상 위에 놓여 있었다. 어째서, 진아의 자리에 국화꽃이 있는 걸까.

교실을 둘러보았다. 울고 있는 아이도 있었고 말없이 어두운 표정으로 앉아 있는 아이, 믿기는 않는다는 표정을 한 아이 등, 천근의 무게처럼 무거운 공기가 우

리를 짓누르고 있었다.

다시 책상을 향한 나의 두 눈에 비친 건 애처롭게 시들어버린 국화꽃이었다. 머릿속이 하얘졌다. 온 몸의 감각이 국화꽃에 집중되는 것 같았다. 영화 속 클로즈업 장면처럼 한 송이의 국화꽃만이 보였다. 잠시 동안 그 자리에 멍하니 서 있었던 것 같다.

"죽은…… 거야?"

목소리가 가늘게 떨렸다. 아무도 대답해 주지 않았다. 물론 대답을 바라고 한 말은 아니었다. 그렇다는 말도 그렇지 않다는 말도 필요 없었다. 모든 게 말해 주고 있으니까. 마치 진아처럼 넓은 책상 위에 덩그러니 놓여져 있는 국화꽃을 보며 믿기 싫었지만 이미 내 몸은 받아들이고 있었다.

진아의 자살.

어쩌면 나는 예전부터 이 잔인한 죽음을 예상하고 있었는지도 모른다. 다 알면서도 내가 할 수 있는 건 아무것도 없다고 그렇게 합리화하면서 모른 척해 왔을지도 모른다. 한 친구를 떠나보내면서까지도 내가 지키려고 했던 건 뭘까. 나의 안위? 나는 나를 지키기 위해 너를 버린 걸까. 도대체 내가 어떻게 했어야 하는 거지? 여전히 잘 모르겠다. 지독히도 어려운 문제다.

차가운 눈물이 볼을 타고 흘러내렸다. 가슴이 텅 빈 것처럼 허전했다. 이런 비극적인 결말을 절대로 바라지 않았다는 것만은 틀림없는 사실이다. 혼자서 자리를 지키던 진아의 쓸쓸한 뒷모습이 아른거린다.

결코 일어나서는 안 되는 일이 일어나 버렸다.

"미안해……."

'내가 해 줄 수 있는 건 고작 미안하다는 말뿐이야.'

미안하다는 말조차 내 귀에 가증스럽게 들려왔다. 눈물이 앞을 가려 아무것도 보이지 않았다. 꽤 오랜 시간 동안 진아가 혼자 앉아 있었던 의자에 손을 갖다 대었다. 손끝을 타고 한기가 온몸으로 올라왔다. 이건 네가 죽음을 택하면서까지도 벗어나고 싶었던 외로움일까.

미안하다는 말은 아무런 위로도 되지 못했겠지. 이젠 목이 메여서 미안하다는

말조차도 할 수가 없다. 그저 조용히 흘러내리는 눈물만이 책상에 얼룩을 찍어낼
뿐이었다.

　'이런 말 더 이상 듣기 싫을지도 모르지만, 내가 진심으로 너에게 미안해 하고
있다면 믿어줄래?'

　"쾅."

　뒷문이 세차게 열리며 진하정과 친구들이 짜증난다는 얼굴로 들어왔다. 불만
이 가득한 표정. 그 표정에서 죄책감이나 미안함을 찾는다는 건 헛수고였다. 제발
진아를 입에 올리지 말라고 마음속으로 신께 빌었다. 너희들을 피해 영영 숨어버
린 진아를 찾지 말아달라고 빌고 또 빌었다. 역시, 그는 존재하지 않나보다.

　"그년은 왜 죽은 거야. 재수 없게."

　"우리……, 괜찮겠지?"

　"당연하지. 우리가 죽였어? 자기 혼자 죽은 걸 우리보고 어쩌라고?"

　"하긴. 우리가 죽으라고 한 것도 아니고."

　"아씨, 진짜 끝까지 짜증나게."

　죽어서도 자유롭지 못하고 그들의 입에 오르내리는 진아는 뭘 그렇게 잘못 한
걸까. 진아의 죽음은 그들에게 아무것도 아니었나 보다. 단지 그 죽음으로 인해
자신에게 닥칠 피해만이 걱정인가 보다. 뻔뻔한 얼굴을 보니 화가 치밀어올랐다.

　억울하다.

　왜, 왜! 나는 그들에게서 진아를 지키지 못한 걸까.

　어째서 힘의 논리에 굴복해야만 하는 걸까.

　학교에서 왕처럼 군림하던 그들에게 대항할 힘이 내겐 정말로 없었을까…….

　"그만해!"

　마침내 굳게 닫혀 있던 입을 열어 온 힘을 다해 소리를 질렀다. 몇 번이나 삼켰
던, 몇 번이나 하고 싶었던 그 말을 나는 비로소 진아가 죽고 나서야 할 수 있었다.

　나도 이런 내가 밉다.

　그 해 겨울은 견딜 수 없을 만큼 유난히 추웠다.

"쏴아아-"

인적이 드문 한적한 골목에 땅으로 내려와 부딪히는 빗소리만 허공에 울려 퍼졌다. 일말의 일렁임도 없이 한없이 가라앉은 심해의 마음을 위로하듯 떨어지는 비의 연주가 듣기 좋았다. 저 멀리 빗속에서 비틀거리며 걸어가고 있는 한 남자가 시야에 들어왔다. 얼굴이 보이지 않도록 다시 모자를 눌러쓰고 숨죽여 남자를 뒤따라갔다. 손만 뻗으면 닿을 거리에서 몸을 살짝 틀어 그의 어깨를 치고 앞질러 갔다.

"퍽."

"이 새끼가! 부딪쳤으면 사과를 해야 할 거 아냐!"

어깨를 부여잡는 강한 힘에 고개를 돌렸다. 치켜뜬 눈과 뭉툭한 코, 두툼한 입술과 그을린 피부 위로 선명하게 드러난 오른쪽 뺨의 흉터자국. 그래, 그 얼굴. 4년 동안 지긋지긋하게 봐왔던 바로 그 지겨운 얼굴. 수도 없이 땅을 구르며 쏟아지는 발길질에 다리를 부여잡고 애원했을 때, 나를 내려다보며 웃고 있었던 바로 그 역겨운 얼굴이었다.

"뭡니까."

무성의하게 말하고는 돌아섰다. 곧 어깨에 가해진 억센 힘에 의해 내 몸이 돌아섰다. 만취 상태인 그의 눈은 풀려 흐리멍덩했고, 온 몸이 붉게 달아오른 모습이었다. 몸을 제대로 가누지 못하고 비틀거리는 그가 내 어깨를 툭툭 건드렸다. 그의 손이 내 몸에 닿을 때마다 나는 자동적으로 움찔거리며 반응했다. 수십 개의 가느다란 다리를 가진 벌레가 온 몸을 기어다니는 것만 같은 끔찍한 기분에 짧은 욕설이 튀어 나왔다. 나는 그 더러운 손을 쳐냈다.

"이 새끼 좀 봐라?"

그는 쳐내진 손을 바라보며 어이없다는 듯 피식거리며 웃더니, 열 받은 듯 잔뜩 꼬인 혀로 언성을 높였다.

"뭐가 잘못 됐습니까?"

"잘못? 그래 잘못됐다 새끼야. 네가 죽고 싶어 환장을 했구나?"

머리 끝까지 화가 난 그가 내 멱살을 쥐어 잡았다. 술에 취한 것 치고는 꽤나 손힘이 강했다. 가까이서 느껴지는 그의 역겨운 숨소리가 주위의 공기를 뜨겁게 달구었다. 번뜩거리는 두 눈이 나를 향하고 있다고 생각하니 저절로 몸이 움츠러들었다. 이 순간까지도 충성스러운 개마냥 길들여진 대로 반응하는 내 몸이 미치도록 저주스러웠다. 나의 주인님이자 조련사였던 그가 지금 나를 죽일 듯이 노려보고 있었다.

내가 죽음을 가까이 하며 살아 왔던 게 언제부터였지. 아마도 박철호 그놈을 만난 순간부터일 것이다. 움츠러들었던 몸은 깊숙한 곳 어디에서부턴가 폭발적으로 올라오는 격렬한 분노로 떨렸다. 어금니를 꽉 물고 씹어 내뱉듯이 말했다.

"죽고 싶어 환장했지. 한두 번 죽을 만큼 맞아본 게 아니라서."

쓰고 있던 모자를 벗어 이제껏 단 한 번도 제대로 쳐다보지 못했던 그의 눈을 똑바로 쳐다보았다.

"너…… 서민준 이 새끼. 쥐도 새도 모르게 어디 갔나 했더니 돌아왔구나? 하하."

내 얼굴을 본 그의 얼굴에 놀라움이 퍼지는가 싶더니 곧 비열한 웃음이 퍼졌다. 그는 분명 나를 보고 즐거워하고 있었다. 자신의 장난감이 돌아온 게 기쁘겠지. 때리고, 일 시키고, 자신의 말에 복종하는, 언제나 멋대로 가지고 놀던 자신의 노예.

'이젠 더 이상 당신의 노예로 살지 않겠어.'

"돌아왔지. 당신을 죽여야 하니까."

4년간의 끈질긴 악연을 이제는 끊어버릴 때였다.

"당신에게로부터 난 해방될 거야."

품속에 지니고 있던 칼을 꺼내 들었다. 그를 죽이기로 결심한 순간부터 한 번도 손에서 놓지 않고 쥐었다 폈다 하며 이 날만을 손꼽아 기다렸었다. 손때 묻은 손잡이를 오른손에 움켜쥐고 그에게 다가갔다.

"뭐? 이 자식이 지금 무슨 말을……!"

그는 내 손에 들린 칼을 보자 정신이 번쩍 드는지 눈을 크게 뜨고는 말을 잇지 못했다. 은박지에 감추어져 있던 날카로운 칼날이 드러났다. 칼날은 먹구름에 가려져 보이지 않는 검은 밤하늘에서 홀로 빛나는 별을 대신하기라도 하는 듯 유난히 반짝였다. 그리고 그는 칼을 보고 잔뜩 겁에 질린 듯 뒤로 물러섰다.

"……미…미쳤어?"

내가 앞으로 한 걸음 다가서면 그는 두 걸음 뒤로 물러섰다. 왜 그런 얼굴을 하는 거지? 왜 말을 더듬는 거야. 칼이라면 익숙하잖아. 내 얼굴의 이 상처도 다 당신이 손수 그어 준 거잖아. 그런 겁에 질린 표정 따위 당신한텐 어울리지 않아. 제대로 걷지도 못하고 이리저리 왔다 갔다 거리며 골목을 벗어나려는 그의 앞을 막아섰다. 내 손아귀에 붙잡힌 그는 아무런 저항도 하지 못했다. 내가 그랬던 것처럼.

"내가 그때 말했잖아. 그만 하라고."

"푸욱."

은빛 칼날이 그의 살을 파고들어 잔뜩 피를 머금었다. 붉은 칼날의 끝을 타고 흐르는 핏방울. 핏방울은 천천히 땅으로 떨어져 빗물에 금세 부서졌다.

'내가 제발 그만하라고 애원했을 때, 당신은 웃고 있었잖아.'

"으윽…… 사…살려줘."

'죽을 것 같다고, 살려달라고 무릎 꿇고 빌었을 때, 당신은 웃고 있었잖아.'

"내가 그때 제발 살려 달라고 빌었잖아."

'푸욱―'

파노라마처럼 눈앞에 스쳐 지나가는 그와 함께했던 시간들. 그 시간들을 찢어 버리기 위해서 미친 듯이 칼을 휘둘렀다. 더 이상 휘두를 힘이 남아 있지 않았을 때 비로소 다시 귓가에 빗소리가 들려왔다. 미세한 움직임마저도 없는 그의 몸이 축 늘어져 내게 기대 있었다. 내 몸을 빼내자 그의 몸이 무너져 내렸다. 그렇게도 두려워했던 존재가 이렇게 허무하게 쓰러지고 있었다.

점점 거세지는 빗줄기. 검붉은 피가 땅을 붉게 적셨다. 내 손에 묻은 더러운 피는 씻겨 내리지 않는다.

비가 왜 이렇게 뜨겁지…….

눈앞이 흐려졌다.

오른쪽 뺨의 흉터가 불에 타는 것처럼 뜨겁다.

이제……끝났다.

문이 열리고 수갑을 차고 고개를 숙인 한 소년이 계장님과 함께 들어왔다. 170cm가 조금 안 되는 왜소한 체구였다. 살인사건인 만큼 우락부락한 거구의 사내를 생각했었는데, 정 반대였다. 긴 옷으로도 채 가려지지 않은 팔과 다리에는 자잘한 상처들이 많이 보였다. 그는 잠시 머뭇거리다 내 앞에 앉았다. 자리에 앉은 그의 얼굴을 자세히 보자 오른쪽 뺨에서 입술까지의 긴 상처가 눈에 띄었다. 오래 전에 난 상처인 듯 흉터만이 남아 있었지만 붉은 선은 너무나 뚜렷해 어린나이와는 어울리지 않게 위협감을 자아내고 있었다. 무표정을 유지하고 있는 그의 얼굴에서 죄책감은 찾아볼 수 없었다.

서민준. 올해 나이 만 18세. 절도 2범, 폭력 1범의 전과 3범. 게다가 이제는 살인까지 추가될 예정이다. 20살도 채 안 된 미성년자가 무자비하게 사람을 살해했다. 피해자의 시신은 날카로운 칼로 난자당해 있어 조각 조각난 천 쪼가리처럼 너덜너덜했다. 첫 살인이라 그런 것인지 아니면 의도적으로 그랬는지는 모르지만 현장에 증거가 많이 남아 있어 체포까지 그리 오랜 시간이 걸리지 않았다. 그는 별다른 반항을 하지도, 도망갈 계획을 하고 있지도 않았었다.

언제나 그렇듯 범죄자를 상대하는 건 기분 나쁘지만 그 중에서도 살인자를 상대하는 건 유독 싫었다. 기본적인 인적 사항은 이미 경찰청에서 올라온 피의자 신문 조서로 알고 있으니, 사건에 대해 몇 가지만 물을 생각이었다. 어차피 가능한 범위 내에서 강력하게 최대치로 구형할 테지만, 최소한의 절차는 지켜야 하니까 말이다.

"피고인 서민준은 2009년 8월 2일 오후 11시 20분경 강변술집 주변 골목길에서 피해자 만 32세 박철호를 살해한 혐의가 있으며 형사소송법 제200조의 규정에 의하여 진술을 거부할 수 있는 권리가 있습니다."

내 입에서 녹음한 것 같은 무미건조한 음성이 흘러나왔다.

박철호라는 이름이 나오자 잠깐 그의 어깨가 움찔거리고 눈동자가 약하게나마 흔들리는 게 보였다. 어딘가 모르게 공포에 질린 듯한 모습이었다. 막상 자신이 살인을 했다는 말을 들으니 무서운 것 같았다.

"서민준군. 왜 박철호를 죽였죠?"

"……."

그는 내 물음에 더욱더 고개를 숙이고 아무 말도 하지 않았다.

"다시 묻겠습니다. 왜 박철호를 죽였죠?"

"……."

처음엔 다들 신문에 협조하지 않는다. 묻는 말에 "예." 하면서 술술 자신의 죄를 털어놓는 사람은 드물다. 대부분 비아냥거리거나 사건과 전혀 상관없는 말을 늘어놓는다. 아니면 이 말 했다가 저 말 했다가 수도 없이 말을 바꾸거나 이 경우처럼 완전 무시한다.

계속해서 아예 날 상대하지 않겠다는 그의 태도에 점점 화가 치밀어올랐다.

"왜 죽였죠?"

눈을 감고서 잠시 화를 삭이고, 그를 쏘아보며 말했다.

"……."

"마지막으로 묻겠습니다. 왜 죽였나요?"

조금 더 격앙된 목소리로 말했다.

"……."

하지만 여전히 서민준은 묵묵히 책상을 내려다보고 있었다. 사실 나에겐 그가 어떤 이유로 사람을 죽였는지는 별로 중요하지 않았다. 중요한 건 그는 전과 3범의 범죄자이고, 사람을 죽였다는 것이다. 그가 살인자라는 명백한 증거가 있고, 이미 경찰 조사에서 살인 혐의를 인정했다. 내 말은 듣지도 않고 아무런 말도 하지 않는 귀머거리에다 벙어리인 그를 상대하며 시간을 축내고 있을 이유는 전혀 없었다.

참다못한 내가 소리쳤다.

"서민준! 지금 네가 어떤 상황인 줄 알아? 넌 사람을 죽였어. 알아? 네 보잘 것 없는 한낱 감정으로 사람을 죽여 버렸다고!"

이제껏 아무런 변화가 없던 그가 반응을 보였다. 얼굴이 조금 붉게 변하고 입가에 작은 경련이 일어났다. 그는 한낱 감정이란 단어에 민감하게 반응한 것 같아 보였다.

한 생명을 앗아가는 행동은 도저히 용서받을 수 없는 짓이다. 더욱이 이렇게 참혹한 사건은 더더욱 그렇다. 오직 힘으로 약자를 괴롭히려는 범죄자들의 습성. 이제 지긋지긋하다. 이번 사건이 내게 들어온 만큼 자신이 무슨 짓을 했는지 뼈저리게 느끼도록, 자신이 저지른 죄값을 톡톡히 치르도록 만들 거다.

"네가 저지른 행동. 그 때문에 얼마나 많은 사람이 고통 받게 되는 줄 알아? 넌 살인을 해 놓고도 아무 고통 없이, 죄책감 없이 살아가겠지. 난 범죄자들을 가장 증오해. 왜냐고? 너희는 사람이 가지고 있어야 할 최소한의 양심이라는 게 없어. 타인의 아픔 따위는 아랑곳하지 않고 그저 자신의 본능을 따라 욕구만을 충족시키려 들지. 그리곤 책임을 지려 하지 않아. 안 그래?"

그는 숙이고 있던 고개를 들어 나를 강하게 노려보았다. 하얀 눈자위가 붉게 충혈되어 있었고 어금니를 꽉 물고 있는 듯 턱에 미세한 경련이 일어났다. 나는 멈추지 않고 경멸어린 눈으로 소리쳤다.

"기분 나빠? 그래, 너희들이 가진 건 자존심 밖에 없지. 자기 자신만 아는 이기적인 인간들, 그게 바로……."

"쾅―"

"당신이 뭘 알아!"

그가 자리를 박차고 일어나 성난 호랑이처럼 내게 달려들었다. 갑작스런 상황에 나는 방어할 생각조차 하지 못하고 있었다. 이성을 잃은 듯, 그의 숨소리가 매우 거칠었다.

"보잘것없는 한낱 감정으로 사람을 죽였다고? 사람이 가지고 있어야 할 양심? 그게 뭐지? 이제껏 살아오면서 양심이라는 게 뭔지 가르쳐 준 사람은 아무도 없었어!"

나와는 비교도 안 될 만큼 큰 소리로 마음 속 응어리를 토해내듯 그가 소리쳤다. 나는 아직도 가만히 앉아 분노하는 그를 쳐다보고 있었다.

"자리에 앉아!"

이대로 두다간 사고라도 날까 싶어 계장님이 그를 제지했다. 그렇지만 그는 계장님을 뿌리치며 발악하듯이 계속 말했다.

"본능대로, 편한 대로, 하고 싶은 대로 살아가는 건 바로 당신들이야! 돈 많고 똑똑한 잘난 당신들이라고! 자존심? 내게 자존심이란 게 있다고? 당신이 나에 대해서 얼마나 안다고 그런 말을 지껄이는 거야! 자존심밖에 없어? 내가? 하하하."

핏대까지 세우며 소리치다 갑자기 미친 듯이 웃는다. 그의 입은 분명히 웃고 있는데 눈에선 눈물이 흘러내렸다. 그는 어깨까지 들썩이며 울고 있었다.

웃다가 울다가 또 웃다가 울다가…….

"검사님, 나머지는 제가 할 테니 잠시 바람이라도 쐬고 오시죠?"

계장님이 나를 향해 고개를 돌려 말했다. 입이 떨어지지 않았다.

"검사님?"

계장님이 다시 나를 불렀다.

"아, 네."

오열하는 그의 모습이 눈에 밟혔지만 계장님의 재촉에 무거운 발걸음을 옮겨 검사실을 나왔다.

운다. 단순히 이 단어로 지금의 그를 표현할 수 있을까. 아니다. 그럼, 통곡한다. 이것도 아니다. 그래, 그는 지금 울부짖고 있었다. 주인에게 몰매 맞고 버림받은 강아지마냥 벌벌 떨면서 울부짖고 있었다. 문밖까지 그의 울음소리가 흘러나왔다. 검사실에서 멀어지면서 자연스레 울음소리도 작아져 갔다. 하지만 이상하게도 나는 자꾸 뒤를 돌아보았다.

무언가 자꾸 마음에 걸린다…….

나는 항상 유치원버스에서 마지막으로 내렸다. 마중 나온 부모님의 품에 안겨 재잘거리는 친구들을 유리창 안쪽에서 물끄러미 바라보고 있다가 모두 제각기 집으로 돌아가면 그제야 버스에서 내려 집으로 향했다. "내일 보자."라는 선생님의 인사를 뒤로 하고 고개를 푹 숙인 채 길을 걸어갔다. 해는 이미 온 하늘을 서서히 물들이며 넘어가고 있었다. 아름답기만한 그 홍색비단결 같은 하늘이 왜 그렇게 슬퍼 보였는지, 가끔씩 혼자서 하늘을 보고 울었던 기억이 난다. 아마도 난 그때 친구들을 부러워하고 있었던 것 같다.

기다리고 또 기다리던 입학식 날. 나는 학교에 가지 않았다. 혹시나 하고 가졌던 기대는 또각또각 거리며 멀어지는 뾰족 구두 소리에 산산조각이 나 버렸다. 아무런 인기척도 없는 어두운 방 안에서 나는 새 가방을 메고 있었다. 울지 않으려고 두 손을 꼭 쥔 채 사방을 둘러싼 벽만 눈을 부릅뜨고 째려보았다. 그 벽에는 짙게 화장을 한 엄마의 얼굴이 떠올랐다가, 얼굴조차 알지 못하는 아빠였다가, 항상 수군거리며 지나가는 동네 사람들의 모습이 보였다가 이내 숨 막힐 듯 답답한 단단한 벽이 되었다.

"쨍그랑."

학교에서 돌아온 나를 반겨주는 건 집안을 가득 메운 술 냄새, 그릇 깨지는 소리, 한껏 술에 취한 엄마의 모습, 고함과 욕설. 더러운 세상을 향한 한 맺힌 분노, 왜 그 분노는 나에게로 향했는지.

"엄……마."

"시끄러! 내가 왜 네 엄마야!"

조심스레 흘러나온 엄마라는 떨리는 내 목소리에 문 앞에 서 있는 나를 본 엄마는 무서운 얼굴을 하고서 소리쳤다. 귀를 찢을 듯한 고함소리에 잔뜩 움츠린 몸 위로 엄마의 매서운 손이 날라 왔다. 난생 처음으로 맞은 뺨이 화끈거렸다. 증오만이 가득한 눈초리를 앞에 두고 소리조차 지를 수 없었다. 한참을 노려보던 엄마는 당신이 힘든지 술병을 들고 방으로 들어가 버렸다. 눈물이 바닥에 뚝뚝 떨어졌다. 소리 내어 울고 싶었지만 방문을 벌컥 열고 엄마가 나와 또 맞을지도 모른다는 생각에 숨죽여 울 수밖에 없었다.

'그럼 누가 내 엄마죠?'

정답이 존재하지 않는 이상한 문제만을 남긴 채로.

학교에서도 나는 여전히 혼자였다. 어느 날, 반 아이들이 내 책상 주위를 둘러 섰다.

"야, 너희 엄마 술집 다닌다며?"

제법 덩치 큰 녀석이 잇몸을 드러내고 웃으면서 말했다. 아이들의 눈에는 경멸의 빛이 스쳐 지나갔다. 화가 났다. 쉴 새 없이 떠드는 그놈에게 달려가 넘어뜨린 후 위로 올라가 미친 듯이 두들겨 팼다.

누구도 말리지 않았다. 싸움을 지켜보는 아이들의 눈에 두려움이 일어나는 게 보였다.

'뭐가 그렇게 두려운 거야.'

다음 날. 나에게 맞은 놈의 엄마가 학교에 찾아 왔다. 온 몸을 반짝거리며 빛나는 금과 진주로 치장한 뚱뚱한 아줌마였다. 교무실 밖에 서 있는데, 선생님과 아줌마의 대화 소리가 잔인하게도 너무 잘 들렸다.

"저 애 엄마, 술집여자 맞죠? 하여튼 간에 그 엄마에 그 아들이라니까."

"저희도 골치 아픕니다. 며칠째 도난 사건이 있었다는 거 알고 계셨죠? 그게 다 저 학생이 그런 겁니다. 혼자 다니는 게 안쓰러워 눈감고 넘어가려고 했는데, 폭력까지 할 줄이야. 어머님께 연락드렸더니 화만 내시고, 부모도 손 뗀 거 같은데 어떻게 처리해야 할지. 어머님께서 좀 이해해 주세요."

"저런 애랑 우리 애가 같은 곳에서 공부를 해야 된다니 끔찍하네요."

눈물을 보이고 싶지 않아서 날카로운 손톱이 살을 파고드는데도 계속 주먹을 움켜쥐고 있었다. 난 맹세코 이제껏 한 번도 물건을 훔친 적이 없었다. 그날 이후로 나를 이상하게 보는 아이나 욕하는 아이는 모두 패주었다.

중학생이 되었을 때 엄마는 집을 나갔다. 수업을 마치고 집으로 돌아왔을 때 낯설지만은 않은 정적만이 집을 맴돌고 있었다. 하루가 지나고, 이틀이 지났다. 나를 찾아오는 사람은 아무도 없었다. 집을 나오기 전 나는 병신같이 혹시나 엄마가 편지라도, 메모라도 남기지 않았을까 하는 마음에 집안 곳곳을 뒤졌다. 찾은 거라곤 날카로운 배신감뿐이었다. 아침도, 점심도 거르고 그냥 앞만 보고 걸었다. 모든 것을 집어 삼킬 것만 같은 칠흑 같은 어둠에 자꾸만 두려움이 엄습해 왔다.

이틀이 지나고 몸이 무거워지기 시작했다. 사람들이 많이 다니는 지하철역 계단에 자리를 잡고 앉았다. 꽤 오래 걸었는지 다리가 아팠다. 사람들이 힐끔거리며 쳐다봤지만, 참기 힘든 허기와 살을 에는 듯한 추위에 자꾸만 눈이 감겼다.

"일어나."

누군가 내 몸을 건드렸다. 갑자기 들이닥치는 아스팔트의 차가움과 추위에 놀라 벌떡 일어났다. 여섯 명 정도의 키가 큰 형들이 나를 쓰레기 보듯 쳐다보고 있었다. 그 뒤로 20대 후반으로 보이는 한 남자가 서 있었다. 나는 기분이 나빴지만 달려들 수 없었다. 머릿속에서 '덤벼들면 죽는다'는 위험 경보가 자꾸만 울려 나를 망설이게 했다.

20대 후반의 그 남자는 매우 친절했다. 그는 나에게 빵과 우유를 사다주었다. 나는 굶주린 짐승처럼 순식간에 그것들을 먹어 치웠고, 그런 나를 보며 그가 말했다.

"날 따라가지 않을래? 그럼 빵과 우유보다 맛있는 거, 더 많이 줄게."

그의 행동은 내가 태어나서 처음 맛보는 친절이라는 달콤함이었고, 그의 말은 갈 곳 없는 나에게 치명적인 유혹이었다.

하지만, 그날 이후 친절했던 그는 어디에도 없었다. 나는 지하철을 돌면서 앵벌이를 시작했고, 조금이라도 농땡이를 피우다가 걸리면 어김없이 형들에게 개 패듯이 두들겨 맞았다. 그에게 자비란 없었다. 오로지 복종, 복종만이 살 길이었다.

"이 새끼야, 이것밖에 안 돼? 네가 빼돌렸지?"

온몸에 그의 발자국이 흔적을 남겼다. 속에서 자꾸 뭐가 올라왔다. 가빠오는 숨을 거칠게 내쉬며 토해낸 것은 검붉은 핏덩이였다.

"죄송합니다, 죄송합니다."

내가 무슨 말을 하고 있는지도 몰랐다. 그저 기계처럼 나오는 대로 굽실거리며 중얼거렸다. 어느새 부어오른 눈을 힘겹게 뜨자 코앞에 그의 신발이 보였다.

"딴 구역 애들한테 빼앗겼단 말이지. 그게 다 네놈 얼굴이 곱상하게 생겨서 만만하게 보는 거 아냐. 그렇지?"

어느새 그의 손에는 작은 커터 칼이 들려 있었다. 점점 다가오는 커터 칼 뒤로 그의 웃는 얼굴을 보니 너무 무서웠다. 손가락조차 까딱이지 못하는 쓸모없는 몸뚱이가 저주스러웠다. 도망가고 싶었다. 이 지옥 같은 곳에서 도망치고 싶었다. 차라리 정신을 잃게 해달라고 기도했다. 난생 처음 느껴보는 커다란 두려움에 온 몸이 떨렸다.

오른 쪽 뺨을 따라 뜨거운 피가 턱을 타고 흘렀다.

"아아악."

나는 울부짖었다. 비릿한 피 냄새가 퍼지고 화끈거리는 뺨의 고통은 참기 힘들었다. 캄캄한 어둠속으로 아득히 멀어져 가는 정신을 그대로 놓아버렸다. 깨어나고 싶지 않았다.

이제, 세상에서 가장 저주하는 사람과 똑같은 흉터가 내게도 생겨 버렸다.

어느 날 먹을 게 있을까 하며 음식물 쓰레기통을 뒤지고 있는데, 몇몇 나의 또래로 보이는 교복을 입은 학생들이 나를 보고 수군 거렸다. 하지만 그런 것에 신경을 쓸 만한 여유가 내게는 없었다. 무시하며 계속 이것저것 뒤지고 있는데 어떤 남학생이 말했다.

"아, 더러워, 거지새끼."

고개를 돌려 그 학생을 쳐다봤다. 잘 다려진 교복 셔츠와 바지. 한눈에 봐도 비싸 보이는 가방, 그리고 깨끗한 신발.

도대체 내가 너랑 다른 게 뭐지.

그게 뭐길래 난 이딴 모습으로 너한테 그런 말을 들어야 하는 거야.

눈물이 차오르면서 수치스러움이 물밀듯 밀려왔다. 고개를 들 수 없을 만큼 창피했다. 나는 그 학생을 뒤따라갔다. 아무것도 생각나지 않았다. 그저 내 마음속에 쌓인 울분을 풀어야 한다는 생각뿐이었다. 화가 풀릴 때까지 쉼 없이 때리고 또 때렸다. 울면서 잘못했다고 비는 아이의 주머니 속에 지갑이 보였다. 그렇게 처음으로 돈을 빼앗았다. 빼앗은 돈으로 편의점에 달려가 컵라면을 잔뜩 사 굶주린 배를 채웠다.

빌어먹을 흉터 때문일까. 돈을 버는 건 아주 쉬웠다. 때리지 않아도 조금만 인상을 구겨 협박을 하면 때로는 5만 원이라는 거금까지 손쉽게 내 손에 들어왔다. 나는 돈의 일부를 양말 속에 구겨 넣고, 나머지를 그에게 가져다 줬다. 그는 아주 좋아했다. 내 머리를 쓰다듬으며 내게 빵을 줬다. 나는 매일같이 돈을 빼앗았다. 그리고 그는 또 빵을 줬다. 그 다음날도, 그 다음날도 나는 배부르게 빵을 먹을 수 있었다.

나름대로 풍족한 일주일 지나고, 나는 경찰에게 붙잡혔다. 며칠간 학생들이 돈을 빼앗겼다는 신고가 들어와 범인을 찾고 있었던 것이었다. 그는 분명히 경찰이 돌아다니는 것을 알고 있었다. 하지만 그는 나보다 돈을 더 중요하게 생각했을 거다. 하긴, 나 또한 경찰이 돌아다니고 있다는 걸 알고 있었어도 똑같이 돈을 뺏으러 다녔을 거다. 하루하루, 당장의 생존이 급했으니까.

소년원에서 나오던 날. 나를 마중 나온 건 다름 아닌 그였다. 그는 나를 중국집으로 데려가 자장면을 사주었다. 그리도 먹고 싶었던 자장면인데, 정말 하나도 맛있지 않았다.

19살이 되었을 때 나에게도 용기가 생겼다. 반복되는 폭력과 눈물을 흘리며 먹었던 빵. 나는 모든 게 지긋지긋했다. 더 이상 그와 같이 있고 싶지 않았다. 모두 잠이 든 새벽. 나는 도망치기로 결심했다. 몰래 지하실을 빠져나와 앞만 보고 달렸다. 조금씩 숨겨두었던 돈으로 택시를 타고 갈 수 있는 한 최대한 먼 곳으로 갔다. 몸은 점점 그와 멀어지고 있는데, 왜 마음은 그를 떨쳐버릴 수 없는 걸까?

어디에선가 그가 불쑥 나타나 나를 끌고 갈 것만 같아서 두려웠다. 불안해서 견딜 수가 없었다. 창 밖으로 지나가는 사람들이 모두 그로 보였다. 떨리는 몸을 두 팔로 끌어안고 연신 뒤를 돌아보면서 괜찮다고 나에게 최면을 걸었다.

택시는 몇 시간 동안 달렸다. 돈을 지불하고 발을 딛은 곳은.

처음 와본 새로운 곳. 아무도 나를 모르는 곳, 하지만 새 출발의 희망 따위는 없었다.

나는 뭘 할 수 있지?

나는 뭘 해야 하지?

넓은 세상 속에 나 혼자 버려진 것만 같았다.

─서민준作 '봄이 오기까지' 중에서

며칠 째 한 숨도 못 잤다. 지친 몸은 휴식을 갈망하며 연신 눈꺼풀을 내려앉게 했지만 도무지 잠을 잘 수가 없었다. 끼니를 거른 지도 꽤 오래 되었다. 그 날 이후로 식욕이 뚝 떨어져 제대로 된 식사를 하지 못했다. 무슨 일을 해도 정신이 나간 것처럼 멍하니 있거나 제대로 하지 못했다. 지금 펜을 쥐고 있는 것조차 힘이 들었다.

"검사님, 요새 어디 편찮으세요?"

책상에 앉아 지끈거리는 머리를 감싸고 있자 민영씨가 안타깝게 쳐다보다 한껏 걱정이 되는 투로 말했다.

"괜찮아요."

애써 웃으며 대답했다.

"무슨 고민이라도 있는 거예요?"

"아니에요. 그냥 좀……."

고개를 저으며 말끝을 흐렸다. 힐끗거리며 내 얼굴을 살피던 그녀는 내가 아무 말도 하지 않고 있자 조용히 나갔다. 미안한 마음이 들었지만 그녀까지 살필 여유가 없었다.

책상에 놓인 거울을 바라봤다. 나답지 않은 창백한 피부. 눈 밑에 자리 잡은 그림자. 그리고 하얗게 부르튼 입술까지. 내가 봐도 이건 좀 심한 듯했다. 암 투병 환자도 이런 얼굴을 하고 있지는 않을 것 같았다.

계속해서 반복되는 악몽 속의 범죄자들과 서민준이 나를 괴롭히고 있었다. 자꾸만 떠오르는 그들은 지우려 하면 할수록 더욱 선명해져만 갔다. 갈수록 피를 말리는 지독한 상황을 나는 이해할 수가 없었다.

"검사님, 검사님!"

눈을 감고 생각에 잠겨 있느라 계장님이 부르는 소리를 듣지 못하고 있었나 보다. 눈을 떠 보니 역시나 걱정이 가득한 눈빛으로 나를 보고 있었다.

"아, 죄송해요."

"아닙니다. 검사님 안색이 많이 안 좋습니다."

"좀 그렇죠?"

나는 밝게 말하려고 애썼다. 민영씨와는 사뭇 다른 기분이다. 항상 계장님이 걱정을 해 줄 때면 아빠의 모습이 떠올라 나도 모르게 어리광을 부리고 싶어졌다.

"밖에 눈이 내리던데, 구경하러 가시죠?"

계장님은 내가 미처 대답도 하기 전에 앉아 있던 나를 일으켜 세워 휴게실로 이끌었다.

"와아, 정말 많이 오네요."

유리창을 통해 본 세상은 온통 하얀 눈송이로 뒤덮여 있었다. 너무 하얘서 거부감이 느껴질 만큼. 쉴 새 없이 펑펑 내리는 눈을 보자 갑갑한 마음이 조금이나마 풀리는 것 같았다. 창문 밖 하늘을 향해 편 손바닥에 눈송이가 내려앉았다.

너무 시리다.

잠시 후, 계장님이 말을 걸어왔다.

"그럼 이제, 고민 상담을 좀 해볼까?"

부드러운 목소리였다. 나이차가 워낙 많이 나다 보니 공적인 사무 관계가 아니라면 이렇게 계장님께서 말을 놓는 게 훨씬 편하고 좋았다. 뜬금없이 고민 상담이란 말에 내가 되물었다.

"고민 상담이라니요?"

"요즘 네가 힘들어하는 이유를 듣고 싶구나."

잠시 침묵이 흐르고 내가 머뭇거리다 조심스레 입을 열었다.

"저도 정확하게 이유를 모르겠어요. 그게…… 한 일주일 전부터 같은 악몽을 꾸고 있어요."

"악몽?"

"네, 혼자 무언가에 쫓겨서 미친 듯이 앞만 보고 달려요. 심장이 금방이라도 터져버릴 것 같은데 무서워서 멈출 수가 없어요. 계속 달리다 보면 높은 벽이 나타나서 앞을 가로 막는데 곧 온통 검은 사람들이 다가와서 제 목을 졸라요."

잠시 말을 멈추고 그의 얼굴을 쳐다봤다. 그는 내 말을 진지하게 듣고 있었다.

"그런데 그 사람들이 누군 줄 아세요? 제가 담당했던 사건들의 범죄자들이었어요. 피눈물까지 흘리면서 저를 죽이려 드는데, 너무 생생해요……."

"게다가 서민준 사건 신문 후부터 울부짖던 서민준의 모습이 아무 때나 수시로 떠올라서 아무 일도 할 수가 없어요. 생각하고 싶지 않은데 자꾸만…… 저도 제가 왜 그러는지 모르겠어요."

두 손에 얼굴을 파묻었다.

잠시 후 옆에서 계장님이 조심스런 목소리가 들려왔다.

"수현아."

계장님의 투박한 손이 내 어깨 위로 올라왔다.

"혹시 말이다……."

말끝을 흐리는 계장님을 쳐다봤다. 곧이어 들리는 말은 눈곱만큼도 인정할 수 없을 만큼 어이없는 말이었다.

"네가 그들을 함부로 대한 행동에 대해 죄책감을 느끼고 있는 게 아닐까?"

"그렇지 않아요!"

어느새 붉게 충혈되어 버린 눈으로 그를 바라보며 나는 단호하게 말했다. 말도 안 된다. 내가 죄책감을 느끼고 있다고? 가끔씩 재판 후 마음이 불편했던 건 사실이다. 하지만 그건 절대로 죄책감 따위가 아니었다. 지금껏 사회의 악인 범죄자를 처벌하는 게 내가 해야 할 일이라고 생각했고 누구보다도 열심히 힘써 왔다. 범죄자의 존재 자체마저도 부정하는 내가 그들을 처벌하는 데 있어서 죄책감이라니. 어이없다는 듯이 그를 쳐다봤다.

"너를 지켜 본 지 벌써 3년이 다 되어간다. 이제껏 내가 본 너는 지나치다 싶을 정도로 범죄자들을 차갑게 대하곤 하더구나. 고슴도치가 다른 생물체의 공격으로부터 자신을 보호하기 위해 가시를 세우는 것처럼 말이야. 앞뒤 없이 소리치고 윽박지르고, 화내는 너를 보면서 도무지 이해가 가질 않더구나. 도대체 무엇이 널 그렇게 두렵게 만드는 거니?"

"두려운 것 따위 없어요."

"아니, 분명히 있어."

"그런 거…… 없다고요!"

"몇 달 전 네 어머니를 뵌 적이 있다. 참 좋은 분이시더구나. 과민한 네 행동에 대해 말씀드렸더니 오래 전 너의 한 친구 얘기를 해주셨다. 이름이 아마, 진아라지?"

"……진아."

갑자기 10년 전 고등학생 때가 생각났다. 이제는 얼굴조차 잘 기억나지 않는 불쌍한 내 친구.

하지만 똑똑히 기억난다. 진아를 죽음까지 내몰았던 아이들은 청소년이라는 이유만으로 봉사시간 채우기와 정학 일주일이라는 우스운 처벌을 받고 당당하게 학교를 다녔지. 용서할 수 없었다. 진아를 지켜주지 못한 내가 미치도록 미웠다. 진아를 보내던 날. 두 번 다시는 소중한 사람을 너처럼 보내지 않겠노라고, 남을 괴롭히는 사람을 더 이상 가만히 놔두지 않겠다고 다짐하고 또 다짐했다.

"진아는…… 그 아이들에게 아무 잘못도 하지 않았어요. 그런데 결국 진아는 자살을 택했고 진아를 괴롭혔던 아이들은 버젓이 웃으며 학교를 다녔어요. 저는 진아를 위해서 아무것도 할 수 없었어요."

이제는 만날 수 없는 진아 생각에 가슴이 아파왔다.

무능력.

그것은 말로 표현할 수 없을 만큼 공허하고 슬픈 것이었다.

"그래, 이해한다."

"아니요. 계장님은 이해하지 못해요. 친구를 위해서 아무것도 할 수 없다는 그 고통이 얼마나 큰지. 뒤에서만 지켜봐야 하는 그 슬픔이 얼마나 아픈지. 계장님은 아무것도 모른다고요!"

"누군가가 희생당하는 걸 두 눈으로 보고도 아무것도 할 수 없다는 그 무력감. 다시는 느끼고 싶지 않아요."

"또 다시 상처를 입을까 봐 두려워서, 단지 그것 때문에 모든 범죄자들을 쓰레기처럼 취급을 하는 거야?"

맞다. 두렵다.

범죄자들과 함께 살아간다는 것이 두렵다. 다시 한 번 내게서 소중한 무언가를 뺏어 갈까 봐.

굳은 표정으로 나를 응시하던 계장님의 시선을 피하며 참기 힘든 정적을 깨고 내가 말했다.

"그건 중요하지 않아요."

"아니, 중요해. 넌 친구를 잃은 슬픔과 지켜주지 못한데 따른 죄책감을 범죄자들에 대한 분노로 외면하려 하고 있는 거야."

"그들은 범죄를 저질렀어요. 물건을 훔치거나, 약자를 때리거나, 죽였죠. 피해자들은 씻지 못할 상처를 입었을 거예요. 저는 옛날의 저처럼 아무것도 할 수 없는 사람을 대신해 그들을 벌하는 거예요. 당해보지 않은 사람은 몰라요. 저는 절대로 그들을 용서할 수 없어요."

"넌 지금 범죄자를 처벌하는 게 아니라 화풀이를 하고 있어!"

"화풀이든 뭐든 간에 그들이 처벌받아야 하는……."

"그래! 그들이 처벌받아야 한다는 건 틀림없는 사실이지. 하지만 그들에게도 그들만의 이유가 있어. 너는 그 모든 걸 무시하고 오직 처벌에만 급급하고 있다는 걸 왜 모르는 거야!"

"……."

"너는 진아에게 아무것도 해줄 수 없었던 너를 기억 속에서 지워버리려고 범죄자를 처벌하지 못해 안달이 난 거야."

"……."

나는 아무런 말도 할 수 없었다. 그의 눈동자에 비친 내 모습을 보자 가슴이 덜컥 내려앉았다. 어느 누구도 볼 수 없게 꽁꽁 숨겨둔 내 마음을 그는 훤히 들여다보고 있는 것 같았다.

"내가 이 일을 한 지 어느새 20년이 넘어 가는구나. 그동안 수많은 사건을 다루고, 또 수많은 범죄자를 만났지. 그러면서 내가 깨달은 게 하나 있단다. 그게 뭐냐고? 범죄자, 그들도 모두 우리와 같은 사람이라는 거다."

"그리고 너도 검사생활을 하며 조금씩 느꼈겠지. 그래서 혼란이 생긴 거야. 그렇게 증오해 오던 사람들이었는데. 실상은 그렇지가 않은 거야. 하지만 너는 그걸 받아들이지 않았지. 네 가슴속에 품었던 분노를 표출할 대상이 필요했을 테니까."

"……."

"이제 그만 그 기억 속에서 벗어나. 더 이상 그들과 너 자신을 괴롭히지 마. 이미 너는 알고 있어. 보지 않고 듣지 않고 지나쳤던 그들의 아픔을. 그렇지?"

눈시울이 붉어지면서 눈물이 차올랐다.

"친구를 도와주지 못했다는 죄책감을 애써 지우려고 하지 않아도 돼. 그 앤 분명히 널 이해해 줄 거다."

깨물고 있던 입술 사이로 울음이 조금씩 새어나오더니 억누르고 있던 울음이 터져 나왔다.

"흑…… 흐흑."

"울어라. 울고 다 털어버려. 죄책감도, 증오도 모두 다."

등을 토닥이는 손길이 너무 편안했다.

"여러분, 지금도 많은 사람들이 사회로부터 소외되어 악의 길을 걷고 있습니다. 그들에게 필요한 건 따스한 사랑입니다. 범죄는 등을 돌린 냉엄한 사회에 대한 분노의 표출입니다. 시간이 지날수록 사회는 서로에게 각박해지고 무심해 지고 있습니다. 이런 환경 속에서 범죄는 더욱 늘어나게 됩니다. 단순히 범죄자들을 탓하고 벌하려 하기보다는 사랑으로 치유해야 합니다. 그들의 아픔을 외면한 우리 모두가 범죄자입니다. 악의 굴레에 스스로를 가두고 빠져 나오지 못하는 그들을 구제하는 것. 그게 바로 사랑의 집 설립 목적입니다. 여러분, 끝나지 않을 것 같던 추운 겨울이 지나고 따스한 봄이 다가왔습니다. 춥고 긴 겨울 속에서 평생을 살아왔을 그들이 봄을 느낄 수 있도록 우리가 따스한 햇빛이 되어 줍시다. 감사합니다."

사람들의 갈채 속에서 기나긴 연설을 마치고 내려온 수현의 앞에서 젊은 신사가 인사를 건넸다. 그녀는 놀란 듯 눈이 커지더니 이내, 환한 미소를 지으며 달려가 반갑게 인사를 나누었다.

"어떻게 된 건가?"

"검사님과 제 소원이 이루어지는 날인데, 제가 빠져서야 되겠습니까?"

"전화할 때는 못 온다더니."

"하하, 못 온다고 생각하니까 온 몸이 쑤셔서요. 약속을 미뤘죠."

"그래, 잘 왔어."

그녀의 활짝 핀 웃음에는 민준을 향한 애정이 듬뿍 담겨 있었다. 수현은 내색은 안 했지만 다른 약속 때문에 참석을 못한다는 그의 전화에 내심 섭섭해 하고 있었다. 그래서인지 그의 깜짝 방문에 그녀의 웃음은 가실 줄을 몰랐다. 둘은 좀 더 편안한 대화를 위해 자리를 옮겼다.

꽃이 만개한 벚나무들이 눈이 부실 만큼 아름다운 장관을 이루고 있는 쉼터. 꽃잎이 바람을 타고 춤을 추듯 이리저리 흩어졌다. 둘은 분홍 눈송이가 꽃비처럼 하늘하늘 거리며 떨어지는 나뭇결 무늬가 미려한 벤치에 앉아 여유롭게 향긋한 봄 냄새를 즐겼다. 한참동안 싱그러운 봄을 맞이하던 민준이 수현을 불렀다.

"검사님."

그의 진지한 모습에 수현이 의아스럽게 쳐다보자 민준이 벌떡 일어나 수현을 향해 허리를 굽히면서 고개를 숙여 말했다.

"약속을 지켜주셔서 정말 감사합니다."

수현은 갑작스런 민준의 행동에 잠깐 당황하다 이내 웃음을 지었다.

"나도, 자네한테 감사해."

"예?"

"자네를 만나지 않았다면 아무것도 할 수 없었을 거야. 그 날 자네와 대화를 나누면서 많은 걸 깨달았지. 자네가 살아왔던 어두운 삶을 모습을 간접적으로 나마 겪으면서 범죄에 대한 또 다른 시각을 가질 수 있었어. 또, 자네가 변하는 모습을 보면서 범죄자들도 변할 수 있다는 확실한 믿음을 가지고 여기까지 올 수 있었어."

전혀 생각하지도 못했던 뜻밖의 말에 민준은 머리를 긁적이며 어쩔 줄 몰라 했다. 민준은 어색한 웃음을 지으며 다시 자리에 앉고는 아직도 생생한 그날의 기억을 회상했다.

"솔직히 저는 처음에 검사님이 범죄자들을 위해서 힘쓰고 싶다고 말씀하셨을 때 믿지 않았었습니다."

잠시 수현의 눈치를 살피던 민준은 말을 이었다.

"그런데 제가 교도소에 들어간 이후에 꾸준히 저를 찾아오시고 따뜻한 말씀을 해 주시는 모습을 보면서 점차 굳게 닫혀 있었던 마음의 문을 열게 되었습니다. 저를 믿고 계신 검사님의 기대에 부응하고자 열심히 공부했고, 그 덕분에 교도소에서 검정고시에 합격했죠. 출소 후에도 검사님의 배려로 대학교에까지 들어가 공부 할 수 있었습니다. 검사님이 아니었다면 저는 아직까지도 그 끔찍한 삶에서 헤어 나오지 못하고 있었을 겁니다."

가만히 민준의 말을 듣고 있던 수현이 고개를 저으며 말했다.

"자네가 그만큼 강한 의지를 가지고 있었기에 가능했던 일이야."

"아닙니다. 검사님은 처음으로 제게 사랑을 주신 분이십니다. 그 사랑이 없었다면 저는 절대로 이 자리에 있지 못 했을 겁니다. 정말 감사합니다."

"그렇게까지 말해 주니, 내가 다 부끄럽네."

"하하, 이제 이곳에서 새 출발을 하게 될 사람들을 생각하니 정말 기쁩니다."

"나도, 정말 기대가 되는 군."

푸르른 하늘을 바라보는 수현과 민준의 눈동자에 희망의 빛이 비쳤다.

"아, 검사님. 이거 받으세요."

민준은 양복 안쪽에서 책 한 권을 꺼내 그녀에게 내밀었다. 그 책은 다름 아닌 선풍적인 인기를 끌며 베스트셀러에 오른 '봄이 오기까지' 라는 민준의 책이었다. 민준은 교도소에서 수현이 준 여러 책을 읽으며 작가의 꿈을 키웠고, 출소 후에도 당당히 국어국문학과에 입학해 공부를 했다. 민준은 자신의 첫 작품을 자신이 살아온 삶에 대해서 진솔하게 썼고 많은 독자들이 그 이야기에 귀를 기울이고 감동받았다. 책의 인기가 나날이 높아지고 한 기사 인터뷰에서 책의 주인공이 실제로 자신이라는 걸 밝히면서 책은 더 날개 돋친 듯이 팔려 나갔다.

"이런, 내가 미리 직접 사서 봐야 하는 건데……."

몇 달간 사랑의 집 사업 때문에 눈코 뜰 새 없이 바빴던 수현은 서점에 들를 생각조차 하지 못하고 있었다. 그녀는 아무리 바빴다고는 하지만 다른 사람도 아니고 민준의 책인데 아직까지도 읽어 보지 않았다는 생각에 그에게 미안함이 들었다. 미안함이 역력한 수현을 보고 민준은 괜찮다며 말을 이었다.

"미안해 하실 필요 없습니다. 검사님에게만은 제가 직접 드리고 싶었으니까요."

그의 말에는 진심이 어려 있었다. 그 진심을 알아본 수현은 더 이상 아무 말 하지 않고 책을 받아들었다.

"고마워, 잘 읽겠네."

수현은 책을 소중히 받아들고 책 표지를 넘겨보았다. 첫 장에는 자필로 정성스레 글씨가 쓰여 있었다.

'춥고 외로웠던 긴 겨울 속에서 헤매고 있을 때 검사님을 만나 따뜻한 봄을 맞이할 수 있었습니다. 검사님이 보여준 관심과 사랑. 잊지 않겠습니다.'

오늘 따라 유난히 포근한 햇빛 사이로 앙상한 가지에서 이제 막 꿈틀거리며 올라온 푸른 새싹이 간지러운 봄바람에 살랑거렸다.

■ 기적을 꿈꾸며

시간은 어느새 8월의 끝을 향해 달려가는데 아직도 무더위가 기승을
부리고 있습니다. 한여름 동안 낮에는 뜨거운 태양을, 밤에는 반짝이
는 별을 친구로 삼아 글을 썼습니다. 생애 첫 작품을 무엇에 대해 쓸
까 고민하다 '범죄가 없는 정의로운 세상'을 만들고 싶은 한 여학생
의 고뇌를 나누고자 이 글을 쓰게 되었습니다.

책 속의 '강수현'은 저의 사고 변화를 그려낸 인물입니다. 중학교 때
반 친구가 말썽을 자주 일으키는 무리에 속한 한 여자아이의 주도하에 집단 따돌림을
당했습니다. 누가 봐도 부당한 일이었고 바로 잡아야 할 일이었지만 아무도 나서지 않았
습니다. 시끌벅적한 쉬는 시간에 혼자 앉아 있는 친구를 보면서 말을 걸어 주고 싶은 마
음은 굴뚝 같았지만 아이들의 눈치를 보며 그러지 않았습니다. 아이들이 모여서 욕을 할
때에도, 그 친구를 둘러싸고 괴롭힐 때에도 저는 그저 멀리서 방관자처럼 지켜볼 뿐이었
습니다.

'왜 내가 이렇게 친구를 내버려두어야 하는가?' 라는 날카로운 의문이 파고들었습니다.
답은 간단했습니다. 저는 제가 집단따돌림을 당할까 봐 두려워하고 있었던 것입니다. 친
구에게 상처를 주면서도 웃고 떠드는 아이들을 보며 화가 났습니다. 그러면서도 아무것
도 하지 못하는 제가 미웠습니다. 힘없이 당하고만 있는 친구의 아픔만큼 되돌려주고 싶
었습니다. 그 생각을 시초로 약자를 괴롭히는 사람을 혼내주기 위해서 검사라는 꿈을 가
지게 되었습니다.

꿈을 가지고 난 후부터 부쩍 사회범죄에 관심이 많아졌습니다. 치를 떨 만큼 흉악한 범
죄를 보고 들으면서 격렬한 정의감에 불타올랐습니다. 범죄에 대해서만큼은 누구보다도
냉엄한 저를 보며 주위 사람들은 너무 지나치다고 말하곤 했습니다. 점차 시간이 흐르면
서 절대 변하지 않을 것 같던 제 생각이 조금씩 바뀌기 시작했습니다. '왜 사람들은 범죄
를 저지를까?' 라는 생각을 하게 됐고 대다수의 범죄자가 불우한 삶을 살았다는 걸 알게
되었을 때, '내가 만약 그런 환경 속에서 살았다면 나는 범죄를 저지르지 않을 수 있을
까?' 라는 질문을 제 자신에게 해 보았습니다. 그 질문에 대한 대답은 '아니요' 였습니다.
그 때부터 어떻게 하면 범죄를 저지르지 않을 수 있는 사회를 만들까라는 고민을 했고
범죄자들의 아픔을 감싸줌으로써 사회에 범죄가 줄어들지 않을까 하는 생각을 하게 되었
습니다. 저는 눈 속에서 피어나는 꽃처럼 그런 기적과 같은 일이 일어나기를 기도합니다.

　지금 누구보다도 더운 여름을 외로이 보내며 범죄의 유혹에 맞서 싸우고 있는 소외된 사람들에게 한줄기의 시원한 바람이 될 날을 기다리며 열심히 앞으로 달려가겠습니다.

　잘 쓰고 싶다는 강박관념에 몸에 맞지 않은 옷을 입은 듯 어색한 구성에, 온갖 미사여구로 치장해 번지르르한 문장들로 이루어진 글을 쓴 것 같습니다. 아직 미흡한 학생이구나 하며 이해해 주시고 즐겁게 읽어주셨으면 좋겠습니다. 감사합니다.

　하루가 시작되는 새벽, 깜깜했던 하늘도 밝아온다. 햇빛이 내 방 블라인드 사이로 들어온다. 늘 그랬던 것처럼 창가 쪽에 있는 오래된 일기장을 꺼내들었다. 잊을 수 없는 친구를 만난 뒤로 생긴 내 의사생활의 신조, '병을 고치는 것도 중요하지만, 사람의 마음도 같이 치료할 수 있는 따뜻한 의사가 되자!' 겉표지에 적혀 있는 문구가 눈에 들어왔다. 한 손에는 에스프레소 머신에서 갓 뽑아낸 원두커피를, 다른 한 손에는 일기장을 들고 옥상으로 올라갔다.

한여름 밤의 꿈

나혜민

한
여
름
밤
의
꿈

난 그때 의과대학을 마치고 갓 들어온 인턴이었다. 모르는 게 많았지만 교수님을 돕기 위해 같이 봉사활동을 갔었다. 옛날부터 봉사활동에 관심이 많았던 터라 남들보다 10배, 20배 더 기대에 차 있었다. 도착해서 진료 준비를 다한 다음에 내과 과장님이 말씀하셨다.

"진료를 시작하기 전에 전달할 사항이 있다. 우리 봉사활동 프로그램 중에 '별하'라는 프로그램이 있다. 이 프로그램을 인턴들이 맡아서 하게 된다. 인턴들 모두 손 들어 봐!"

"예!"

"앞으로 너희들은 여기 있는 동안 환자 1명씩 맡게 될 것이다. 잘 지내보도록! 이 프로그램을 진행하면서 각자가 무엇을 배우는지가 중요하다. 환자와 의사의 관계가 어때야 하는지 중점적으로 생각해 보도록. 환자와 깊은 관계를 만들어 생각해 보면 그 답이 무엇인지 알게 될 것이다. 의사니까 진료만 잘 하면 된다는 단순한 생각을 버려라. 진정한 치료란 건강한 마음, 건강한 몸을 만드는 것이라는 것을 기억하고! 내일 아침 8시까지 여기에 다시 모여서 자기 담당 환자가 누군지 확인하고 직접 찾아가도록. 그럼 이상!"

우리 인턴들은 '별하' 라는 것이 그냥 큰 제목인 줄 알았다. 그런데 이게 웬 날벼락인가 싶어서 인턴들 모두가 당황해 했다.

✩

다음날 아침 8시, 회관 마당에 인턴들만 모였다. 우리 과장님의 수간호사 선생님이 명찰을 각각 나눠주셨다. 내 명찰 뒤엔 '김성현-13살-하반신 마비-남자' 이렇게 적혀 있었고, 집을 찾아가는 지도도 같이 있었다. 지도를 보니 마을회관 바로 옆길로 쭉 따라서 올라가기만 하면 된다고 나와 있었다. 길이 복잡하지 않아서 좋다고 친구들에게 자랑을 하다가 선생님이,

"일주일 꼬박꼬박 간다는 말이 아니라 3번 이상이면 됩니다. 아시겠죠? 그럼 다들 열심히 하세요! 이제 돌아가셔도 됩니다."

이라고 말씀하시는 걸 듣고는 바로 자리를 빠져나와 회관 옆길로 혼자 올라갔다. 나무들이 시원하게 뻗은 길을 한 30분 정도 걸어가자 벽돌로 지어진 아담한 집이 나왔다. 대문이 열려 있어서 들어갔다.

"계세요? 성현아! 성현아!"

문 입구 쪽에 있는 방문을 두드리고는 열었다. 방문을 열자마자 보이는 것은 휠체어였다. 그리고 조그만 창문 아래 침대에는 한 남자아이가 앉아 있었다.

"어……. 성현이지? 안녕. 성현아?"

"……."

성현이는 방문이 열릴 때 잠깐 눈이 마주치고는 나를 보지 않았다.

"음……. 처음 봐서 낯설구나? 일단 내 소개부터 할게. 이름은 '김은별' 이야. 편하게 은별 쌤이라고 불러. 뭐 궁금한 거 없어? 나이라든가……."

“…….”

또 대답을 하지 않았다. 처음이니까 그럴 수 있다며 넘겨버렸다. 방을 이리저리 둘러보다가 조그만 책장 위에 엎어진 액자 하나를 들어올렸다. 거기엔 성현이가 어렸을 때로 보이는 사진이 있었는데, 이제 막 걸음마를 뗀 듯 한 엉성한 자세로 서 있는 사진이었다. 밝게 웃고 있는 모습이 너무 예뻤다.

“성현아! 여기 있는 귀여운 애 혹시 넌 아니겠지?”

그 사진을 보며 혼자 웃었다. 그런데 성현이는 나를 쳐다보면서, 보지 말라는 경계의 눈빛을 보내는 듯했다.

“음……. 알겠어. 알겠어. 안 볼게. 근데 집이 아담하게 딱 좋은데? 이야, 방도 예쁘고…….”

하면서 말을 돌려버렸다. 아니 돌릴 수밖에 없었다. 경계하는 눈빛뿐만 아니라 아주 차가운 눈빛으로 날 쏘아보고 있었기 때문에…….

'날 알아내려고 하지 마!'

성현이가 말 대신에 눈빛으로 보내는 경고의 메시지였다. 내가 처음 만나본 성현이는 그렇게 마음을 굳게 닫고 있었다.

김은별이라는 선생님이 나의 담당 의사란다. 옆에서 계속 말을 거는데 별로 말을 하고 싶지도 않아서 가만히 있었다. 그런데 제일 싫어하는 어릴 때 이야기를 꺼냈을 때, 기분이 확 상했다. 그래서 째려봤더니 김은별이라는 사람이 웃다가 당황해서 그제서야 다른 말로 돌렸다. 그 이야기를 하게 되면 내 아픈 곳을 더 건드리게 될까 봐……. 그리고 괜한 동정심은 받고 싶지 않았다.

봉사활동 온 지 일주일이 되는 날. 처음에 성현이를 만났을 때처럼 여전히 성현이가 말을 안 했지만 그래도 내가 말할 때는 창 밖을 보지 않고 나를 조금씩 본다는 게 제일 큰 수확인 것 같았다. 하지만 경계의 눈빛이 남아 있었다.

성현이 어머니께 도움을 청하려고 그날 아침 일찍부터 동네 아주머니께 물어 성현이 어머니가 계신다는 밭으로 올라갔다. 한참을 헤매다가 밭에서 마을로 내려가는 길목에 서서 꼬박 한 시간을 기다렸다. 역시 무작정 올라오는 게 아니었어……. 기다리는 찰나에 혼자 밭길을 걸어오는 한 아주머니가 계셨다. 난 혹시나 하는 마음에 달려갔다.

"혹시 성현이 어머니 되세요?"

"예……. 혹시 성현이랑 짝인 선생님이세요?"

"아! 전 성현이 담당 의사 김은별이라고 합니다. 불쑥 찾아와서 죄송합니다. 혹시 시간 되시나요? 잠깐이면 되는데……."

"성현이 때문에 그러시죠? 성현이가 원래는 말도 잘 하고 밝은 아이였는데……." 하며 말끝을 흐리셨다. 성현이 어머니는 목소리를 다시 가다듬고 이야기를 이어가셨다.

"다 어미가 못나서 그런 거지요. 사실 성현이가 계속 다리가 아프다고 할 때 갔어야 하는 건데……. 뒤늦게나마 병원에 갔었는데, 의사가 '다리 한쪽을 앞으로 못 쓸 것 같습니다. 수술을 해도 다리가 정상으로 되돌아오기는 힘들 것 같습니다. 만약에 수술을 한다고 쳐도 재정적인 어려움이 제일 크실 겁니다. 그리고 성공할 확률이 높지 않아서 저희도 권해드리고 싶지 않습니다.' 라는 말을 하는데 그 뒤에 의사가 한 말이 하나도 안 들리더라고요. 얼마나 충격이 컸는지……. 그게 초등학교 2학년 때니까……. 벌써 5년 전이네요. 흑……."

"……."

"아, 죄송해요. 그 때 생각하면 아직도 이렇게 마음이 찢어지는 것 같네요. 다 내 잘못 같고……. 성현이가 얼마나 괴로워 했는지 이제 앞으로 다리를 못 쓰게 된다는 말에 처음엔 울고불고……. 수술해서 다리 나을 수 있으면 꼭 하게 해달라는 말까지 하면서 매달리더라고요. 수술이 위험해서 다리가 못나을 수도 있다면서 달래도 며칠간은 밤낮없이 펑펑 울더라고요. 이 못난 부모 때문에 수술도 못 받아보고……. 우리 불쌍한 성현이……."

"아니에요. 어머니……."

"사실은 성현이가 병원에 갔을 때가 서울에서 부도가 나서 여기로 이사 왔을 때거든요. 애 아빠 사업이라도 잘됐으면 수술이라도 해서 그 좋아하는 축구도 계속 하고……. 친구들이랑 뛰어놀고……. 성현이가 말을 안 해도 얼마나 원망을 했을까요? 하……."

"그래도 지금은 성현이가 부모님 생각 많이 할 거예요. 그리고 이해도 해줄 거예요. 집안 형편이 좋지 않은 거 알고 있잖아요."

"그래도 마음이 안 좋죠. 하나밖에 없는 아들인데, 다리를 고칠 수만 있다면 뭐든지 하겠다고 애아빠한테 말했더니 지금 우리 상황에서 돈을 빌려줄 사람이 어디 있냐고, 나도 해주고 싶은 마음이 굴뚝 같은데도 못해 주니까 어쩔 수 없지 않느냐고 저를 달래더군요. 그래서 어쩔 수 없이 며칠 뒤에 성현이한테 말했죠."

"음……. 성현이가 뭐라고 하던가요?"

" '엄마, 나 이제 괜찮으니까 울지 마.' 하면서 안아주면서 오히려 저를 토닥거리는데……. 티를 안내고 말을 하는데 마음이 더 무너지는 것 같았어요."

집까지 걸어가며 성현이 어머니는 계속 성현이에게 미안하다는 말만 되풀이하셨다. 눈물을 흘리시는 모습을 보면서 나도 같이 울었다. 생각을 하니 어릴 적 내가 생각났다.

초등학교 4학년 때, 아빠가 다치셨다. 아빠가 몰고 계시던 화물차 운전석이 아예 없어질 정도의 큰 사고였다. 그 때, 아버지는 양쪽 다리를 합쳐서 세 군데나 연달아 수술하셨다. 그리고 원래 월급이 적은데다가 일까지 못하게 되는 상황이 되어버려서 형편이 너무 좋지 않았다. 집안 형편이 어렵다는 사실을 알게 된 나는 어머니께 준비물 살 돈이 있어야 된다고 말해야 하는 것이 미안했다.

"어……. 엄마, 나 학교에서 단소 사오라고 하던데……."

"뭐라고? 잘 안 들린다. 크게 말해 봐라."

"학교에서……. 단소 사오래."

"얼만데?"

"오천 원이래. 근데 애들이 그러던데 오천 원짜리는 소리가 잘 안 난다던데. 아, 아니다. 그냥 잘 불면 된다. 엄마, 나 지각하겠다. 오천 원만……."

"그래……. 엄마가 만 원 줄게. 이왕이면 소리 잘나는 걸로 사라. 어차피 동생도 써야 되는데."

"아니다. 엄마! 괜찮다. 뭐 어차피 많이 쓰는 것도 아닌데……. 학교 다녀오겠습니다!"

어린 마음에 돈 천 원 쓰는 것도 무서워했었다. 당연히 쓰면 안 되는 줄 알고…….

✫

성현이 어머니와 대화를 하고 난 다음 날에 이번엔 성현이와 좀 더 친해져 보겠다는 일념하에 성현이의 집으로 갔었다.

"성현아, 쌤 왔어!"

그래도 좀 봤다고 그런지 그전과는 달리 성현이가 경계하는 눈빛이 아니었다. 다행이라는 마음을 갖고 방 안으로 들어갔다.

"성현아! 이거 과자다. 우리 오늘 이거 먹으면서 이야기 좀 많이 하자. 오늘만큼은 나한테 시간투자를 해줘. 이 쌤이 부탁 좀 하자! 먼저 너한테 궁금하던 건데……. 성현이는 커서 하고 싶은 게 뭐야?"

"……잘 모르겠어요."

성현이 목소리가 모깃소리만 하다.

"윽, 이거 곤란한데? 꿈을 확실하게 안 정해놓으면 얼마나 방황하는데……. 내가 그랬거든. 꿈을 정하지 못해서 '의사? 디자이너? 둘 다 좋은데……. 어떻게 하지?' 그런 생각을 수도 없이 많이 했지. 사실 고3 수능이라는 시험까지 나한테 자신이 없었어. 그래서 많이 힘들어했지."

"……그랬어요?"

"고민하다가 결국 의사가 되면 다른 사람을 도와줄 수 있겠다 싶어서 의사의 길로 가기로 마음먹었지. 의사 되려고 마음먹은 건 나였는데, 공부가 안 돼서 수도 없이 좌절했지. 그게 계속 반복이 되니까 지치더라. '다른 사람은 앞서나가는데 난 왜 안 되고 있는 거지?' 이런 생각만 들어서 더 힘들고……. 내 자신을 믿지 못했어. 그게 지금 생각해 보면 제일 안 좋은 거였지만……."

"……."

"내 경험상 충고해 주는 거야. 귀담아들어. 너도 혹시 네 자신을 믿지 못하는 거는 아니겠지? 그건 '난 못해!' 라는 말과 똑같아."

"……. 맞아요. 전 못해요."

"아니야. 아무것도 못한다고 생각할 때 진짜 아무것도 못하게 되는 거야."

"선생님은 잘 모르잖아요."

"응?"

"선생님은 내가 얼마나 괴로워하고 있는지 모른다고요!"

"……어?"

난 이때 살짝 긴장했다. 내가 말을 잘못했나 싶어서 당황했다. 성현이가 그렇게 크게 말할 줄은 꿈에도 생각 못했으니까.

"아니. 난, 그게…… 할 수 있다는 자신감을 가져라는 얘기를 하고 싶던 거지."

"내가 못한다고 생각하지 말라고요? 제 다리를 보세요."

덮고 있던 이불을 치웠다. 뼈밖에 없는 다리가 보였다.

"근육도 다 죽었고, 누구의 도움 없이는 돌아다니지도 못한다고요. 어릴 때부터 다리를 못 써서 아예 희망이라는 단어를 생각하지도 못했어요. 아니 생각하기가 싫었어요. 학교에 가서 친구들이 뛰어노는 걸 보면 막 가슴이 뛰어요. 난 그렇게 못하니깐 더 가슴이 뛰어요. 그런데……. 아파요. 꿈을 꾸면 내가 할 수 없다는 현실에 부딪혀서 상처만 나니까요."

"……."

난 아무 말도 하지 못했다. 성현이가 꿈을 꿀 수 없도록 현실이라는 벽이 가로막고 있었으니까. 성현이 마음속 깊은 상처에 고름이 가득 차 있었다.

“그래도 성현아, 벽을 넘을 수 있는 방법은 얼마든지 있어! 네가 원하면 같이 고민하면서 헤쳐 나갈 수 있어.”

“저 힘드니까. 제발 나가주세요. 그 생각 다시는 안 하고 싶었는데…….”

“그래. 힘들겠지만 할 수 없다는 생각을 하면 아프다는 걸 누구보다 더 잘 아는 건 성현이 너야. 제발 한 번만 더 너에게 기회를 더 줘.”

내가 괜히 성현이를 더 힘들게 만든 건 아닌가싶었다. 괜히 마음에 못을 박은 것처럼 묵직한 아픔이 온몸에 퍼졌다. 성현이의 아픔이 마치 내 아픔이 된 것처럼. 마을 회관에 돌아오자마자 난 내 자리에 털썩 누워버렸다.

＊

“휴…….”

일기에 너무 빠져 있었다. 성현이의 마음을 다치게 했다는 일기장 내용처럼 지금도 성현이와 있는 듯 마음이 아려왔다. 성현이의 아픔을 나눠가지겠다는 오만한 생각을 했었기에…….

＊

다음날 아침에 일찍 일어나서 성현이에게 달려갔다. 밤새 성현이의 마음을 어떻게 풀어줄까 고민을 하다가 딱 떠오른 것이 산책이었다. 그리고 산책을 하면서 언니이야기를 해주면 좋을 것 같다는 생각도 같이 떠올랐다. 산책가자고 말했을 때 성현이가 알았다고 웃으면서 말해 주면 얼마나 좋을까.

“안녕하세요! 어머니!”

빨리 성현이를 보고 싶은 마음에 뛰었더니 어느새 난 숨을 헐떡거리고 있었다.

“어유, 일찍 오셨네요. 성현아, 선생님 오셨네. 휠체어 타고 있으니까 얼른 나와서 인사드려. 왜 이렇게 일찍 오셨어요?”

“오늘은 성현이랑 산책 나가려고요.”

"어머! 잘됐네요! 안 그래도 성현이가 산책 나가고 싶다고 말했었는데."

"성현이랑 텔레파시가 통했네요! 어! 성현아, 모닝!"

"그럼, 성현아. 오늘은 선생님이랑 같이 산책 갔다가 와."

"……알겠어요."

성현이의 휠체어를 밀고 나갔다.

"성현이는 좋겠다. 어머니랑 붙어 있잖아. 아참, 오랜만에 나온 거지?"

"네. 저기……. 어제 화냈던 거 잊어주세요. 그리고 죄송해요."

"아, 아니야. 네 생각은 안 하고, 내 입장에서만 말했잖아. 미안해."

잠깐 동안 우리 둘 사이에 침묵이 흘렀다. 난 그 침묵을 깨고 성현이에게 먼저 말을 했다.

"성현아, 선생님이 해주고 싶은 이야기가 있는데……."

"무슨 이야기요?"

"사실 선생님 친언니가 한 명 있는데, 음……. 뇌성마비라고 들어봤니? 말 그대로 마비가 되어서 잘 움직이지 못하는 장애인데……. 언니가 태어날 때 간호사가 머리를 잡아버려서 정신은 멀쩡한데, 몸이 말을 듣지 않게 되었지……."

난 나무 사이에 있는 벤치 옆에 잠시 휠체어를 세우고 이야기를 이어갔다. 성현이 얼굴을 보니 살짝 놀란 눈치였다.

"언니가 몸은 말을 잘 안 듣지만, 공부는 잘 해서 사회복지학과를 갔지. 그때 언니는 사회복지사가 되어서 어려운 사람을 도와야겠다고 생각했었는데……. 대학교 3학년 때, 자기가 진짜 하고 싶은 게 무엇인지 알아차렸어. 우리 언니가 하고 싶던 꿈이 뭐였을까?"

"글쎄요."

"학교 선생님이었어. 특수학교 선생님. 편입을 준비했지만 시험 칠 때마다 다 떨어졌어. 남들은 안 된다고 낙담하고 있었는데 오히려 언니는 편입하지 말고 대학원을 가자고 마음을 먹었지. 희망을 잃지 않았어."

"정말요?"

"결국 언니는 2년 만에 대학원을 들어갔지. 그것도 400명 중에 80명만 뽑는 곳에서……. 장애인 중에서 언니 혼자 뽑혔어. 특수학교 선생님이 되어서 장애를 가진 사람도 할 수 있다는 용기를 주고 싶다고……. 소신 있게 꾸준히 준비한 결과지. 거기다가 대학원을 졸업할 때는 수석으로 졸업했지!"

"우와! 대단한데요?"

성현이가 눈을 동그랗게 뜨고 나를 보면서 이야기를 했다.

"그런데 제가 그렇게 해낼 수 있을까요?"

"얼마든지! 그리고 목표만 가지고 있다면 가능한 일이야. 'Dreams Come True.' 라는 말도 있잖아!"

기분도 풀겸 선생님이 산책을 하자면서 나를 데리고 밖으로 나왔다. 그리고는 선생님의 언니 이야기를 해주셨다. 뇌성마비라는 장애를 가지고 있었지만, 그걸 장애라고 부끄럽게 여기지 않고 오히려 교육대학원에 당당하게 입학해서 수석 졸업까지 한 누나였다. 400명이 넘는 지원자 중에서 80명 중에 들었다는 것이 너무 신기했다. 오히려 평범한 사람들보다 더 나았다는 사실이 내 마음에 뭔가 박힌 듯한 느낌을 만들어냈다. 이 이야기를 듣고 나서 생각해 보니 선생님 말처럼 꿈을 가지려고 노력조차 하지 않는 내 모습이 부끄러워졌다.

"자, 그럼 다시 산책할까?"

약간 굽은 길을 지나는 그때였다.

"어! 선…… 선생님! 저기에 어떤 사람이 쓰러져 있어요!"

나는 재빨리 뛰어갔다. 머리가 하얀 어떤 할머니 한 분이 쓰러져 계셨다. 할머니가 어떤 상태인지 몰라 업고 갈 수가 없었다. 그래서 회관으로 전화하려고 내 호주머니에 손을 넣었다.

"어! 없다! 내 휴대폰이 없어!"

할머니께 휴대폰이 있나 싶어서 주머니를 찾아보았다. 전원이 나간 상태였다. 엎친 데 덮친 격으로 할머니가 어떻게 되실지 몰라서 옆에 있어야만 했다. 잠시의 고민도 없이 성현이한테 소리쳤다.

"성현아! 지금 빨리 마을회관에 가서 선생님들 모시고 와! 어서! 너 밖에 갈 사람이 없어. 서둘러!"

성현이는 잠시 머뭇거렸지만 이내 대답했다.

"네!"

난 선생님의 말을 듣고는 휠체어 방향을 바꿔서 달리기 시작했다. 이런 상황은 처음이라 정신없이 달려갔다. 다행인 것은 경사가 급하지 않아서 휠체어로 갈 수 있다는 것이었다. 팔이 조금씩 아파오더니 곧 묵직한 통증이 밀려왔다. 그렇지만 쓰러지신 할머니 생각이 나서 더 빨리 달려갔다. '여기서 커브길을 돌면 마을회관이 나오니까 어서 가자!' 땀을 비 오듯이 흘리면서 회관 앞 진료대 쪽으로 갔다.

"어! 성현아! 왜 이렇게 땀을 많이 흘리……."

"저, 저기에……. 헉헉. 여기 큰 길에서 왼쪽으로 꺾이는 산길로 계속 가다보면…. 헉헉."

숨이 차서 도저히 말을 못 할 것 같았다. 하지만 마지막 말이라고 생각하고 힘을 내서 다시 말을 이었다.

"거기에 김은별 선생님이랑 쓰러지신 할머니가 계세요. 멀지 않아요. 빨리! 어서……."

말을 못 끝냈는데 나도 모르게 눈이 감겨버렸다.

성현이가 일시적인 쇼크를 받았다. 쓰러진 사람을 처음 본 탓인지 충격을 받아

서 그런 것 같다. 그리고 성현이가 달려준 덕분에 할머니가 빨리 치료받으실 수 있었다. 지금쯤이면 성현이가 일어나야 할 시간인데…….

"성현아! 일어났어? 몸은 좀 어때? 괜찮아?"

"네. 괜찮아요. 머리 아픈 거 빼고는요."

"성현아, 할머니 기억나지? 할머니가 오셨어."

"어! 안녕하세요."

"그래. 몸은 좀 괜찮으냐? 에휴. 이렇게 몸이 불편한데도 날 구하려고 산에서 내려오다니, 고맙다. 넌 내 생명의 은인이다. 어린 것이 마음이 어찌나 따뜻한지."

"……."

"고맙다는 의미에서 내가 널 대학교, 대학원까지 학비를 대주고 싶은데…….."

"네? 안 그러셔도 되는데…….."

성현이는 아주 당황하며 말을 했다.

"넌 내 생명을 살렸단다. 생명을 귀하게 여기는 사람에게는 돈이 아깝지 않단다. 돈은 있다가도 없는 거지만 너의 따뜻한 마음은 어디에서 얻을 수 있겠니?"

"……."

내가 귓속말로 말했다.

"어서 감사하다고 말씀드려."

"제가 이런 대접을 받아도 될까요?"

"그럼! 그렇고말고! 내 생각에는 생명의 대가로는 너무 적은 것 같은데? 그럼 받는 걸로 하고 좀 쉬다가 이만 서울로 올라가야겠네. 그럼 쉬거라. 꼬마야. 다음에 또 보자."

"예. 조심해서 가세요!"

"선생님! 다시 해보려고요. 그리고 할머니가 쓰러지셨던 날 생각해 봤는데요. 저요, 의사가 되고 싶다는 생각이 들었어요. 사람을 돕는 게 이렇게 보람 있는지 몰랐어요. 팔을 뻗지도 않고 안 될 거라는 생각을 가지고 있었던 것도 후회되고요. 한 가지 더 이야기하자면……. 옛날에 밝았던 제 모습으로 되돌아가고 싶다는 생각이 들었어요. 잘 생각했죠?"

난 말없이 가서 성현이를 꼭 끌어안아 주었다.

'성현아 이제 예전의 밝은 모습으로 돌아가는 거지? 너의 희망을 다시 찾은 거지? 고맙다. 나한테 변한 너의 모습을 보여줘서…….'

오늘은 새로운 인턴들이 온다. 내가 소아과에서는 인턴교육을 맡고 있기 때문에 애들을 눈여겨 봐야 된다. 일기장을 보여줄 수는 없지만, 늘 새로운 인턴들이 오면 성현이 이야기를 해준다.

'성현이라는 친구 덕분에 의사는 병만 고치는 게 아니라는 걸 알았지. 몸이 아픈 사람들에게는 따뜻한 마음도 필요하다는 사실을…….'

소아과로 올 인턴들 명단을 보니, 눈에 띄는 이름이 있었다.

멀리서 보니 병원 문으로 한 쪽 목발을 짚고 들어오는 잘생긴 청년이 들어왔다. 난 한눈에 알아봤지만 일부러 아는 체를 안 했다. 인턴들이 강당에 다 모였을 때 그 청년이 발표하기만을 기다렸다.

"안녕하십니까? 다들 제 이름을 아시겠지만 이제부터 성별이라고 불러주십시오! 이제부터 제가 이 병원에 별과 같은 존재가 되겠습니다. 잘 부탁합니다!"

내가 기다리던 그 청년이 발표를 하고 나서 강단에는 환호하는 소리가 쏟아져 나왔다. 나도 환호를 보냈다. 그 때 뿌듯함과 동시에 가슴 속에서 뭉클해지는 것을 알 수 있었다.

15년 전, 그 때처럼…….

떠나기 전 마지막 밤, 성현이와 난 마을회관 옆길에 있는 언덕 풀밭에 누웠다. 하늘에는 수많은 별들이 있었다. 우리는 별을 보면서 서로 아쉽다고 말했다.

"성현아, 네가 조금만 더 일찍 마음을 열었으면 더 재밌었을 텐데……. 그렇지?"

"아, 그 얘기는 그만하지요? 귀에 딱지가 앉도록 들었잖아요. 제가 잘못했으니까 마지막 밤까지 그러지 말자고요."

"알았어. 그만할게. 우와, 별이 이렇게 많이 보이는 건 처음인데? 예쁘다. 그런데 성현아, 저 수많은 별들 중에 내 별이랑 네 별이랑 있을까?"

"음. 당연히 있을 거예요."

"만약에 이 별은 모두 위대한 사람들만 가질 수 있는 거라면?"

"그럼 당연히 있어야죠!"

"그래, 바로 그거야! 성현아! 네 입으로 말했다. 그리고 꼭 별과 같은 존재가 되었으면 좋겠다."

"왜요?"

"별은 누군가에게 희망을 심어주기도 하고, 존재하는 것만으로도 아주 아름답기 때문이야. 나에겐 이미 별이지만……."

"진심이죠? 나……. 별과 같은 사람이 될 거예요. 그리고 진짜 고마워요. 선생님 아니었으면, 지금도 창 밖만 바라보면서 못한다고 생각을 하고 있을 거예요."

"그래. 이제 나한테 네 별명은 김성별이야. 알겠지?"

"네! 알겠습니다!"

☆

병원 옥상에서 성현이와 오랜만에 별을 같이 보았다. 우리들의 입가에서는 웃음이 끊이지 않았고, 성현이는 이때까지 해내는 게 너무 힘들었다며 나한테 쏟아 놓았다. 난 옆에서 힘들었다고 말하는 성현이가 언제 이만큼 자랐나싶어서 머리를 쓰다듬었다.

"그래도 지금은 이 자리에 서 있잖아."

하늘을 봤다. 그날 따라 유난히 별이 밝았다.

■ 글을 마치며

우리 '책지게' 동아리 친구들 중에서 저는 아주 무서운 존재입니다. 동아리 부장이라서 그런 것이 아니고, '오타대장' 이라서 그렇습니다. 수정해야 될 부분을 친구들이 한 문장, 한 문장 아주 섬세하게(?) 짚어주어야 하기 때문입니다. 그래서 4차시 수정부터는 프린트한 본문에 바로 표시해서 한 사람씩 넘겨주는 친구들의 센스가 있었습니다. 이만큼 책쓰기가 너무 힘들었지만 저의 꿈을 되찾은 기쁨과는 비교할 수 없는 즐거운 고통이었습니다. 고등학교 생활에서 무미건조하게 살고 있던 저에게 이 글이 예전의 긍정적인 삶으로 돌아가게 했고, 의사라는 꿈을 가져다주었기 때문입니다.

이 글에서 주인공인 '성현'이와 '은별'이를 통해 저의 과거, 현재, 꿈꾸는 미래, 그리고 다른 사람에게 희망을 주는 존재가 되겠다는 비전까지 표현해내고 싶었습니다. 성현이가 희망을 잃었다가 되찾고, 한계를 뛰어넘어 의사가 되는 과정과 환자를 생각하는 은별이의 따뜻한 마음을 표현해서 저의 있는 모습 그대로 드러냈습니다.

글솜씨가 부족해서 표현하고자 했던 것들이 깊게 다뤄지지 못한 것 같아 아쉬움이 남습니다. 그렇지만 처음부터 잘 할 수 없다는 것을 잘 알지만, 그래도 첫 작품이라서 잘 쓰고 싶었기에 더 아쉬움이 남는 것 같습니다.

마지막으로 이 소설을 그냥 소설로 보지 마시고 꿈을 가진 고등학생이 비상하기 위해서 이제 한 걸음을 뗐구나라는 생각으로, 격려하는 마음으로 읽어주셨으면 합니다.

오늘도 우린 '꿈'을 꿉니다
– '꿈을 실어 나르는 책지게' 활동 후기 –

얼마 전 TV를 통해 한비야 씨를 볼 수 있었다. 왜 월드비전 긴급 구호팀장이라는 힘든 일을 하느냐는 질문에, 한비야 씨는 "이 일이 내 가슴을 뛰게 하고 내 피를 끓게 해요."라고 말했다. 그 말을 듣는 순간 내 심장은 잠시 얼었다. 그리곤 잠시 후 쉬었던 만큼을 보충하려는 듯 더 빨리, 더 세차게 심장은 뛰었다. 마치 죽어 있었던 몸에 피가 도는 것과 같은 착각에 빠져서 '내가 지금 살아 있구나' 하는 신선한 충격과 함께 '진정 내 가슴을 뛰게 하는 일은 무엇일까? 오늘도 가슴이 뛰는 일을 하면서 살아가는 사람은 얼마나 될까?' 하는 의문을 가지게 되었다. 많은 사람들이 자문해 본다면 회의적인 답변을 하지 않을까?

이런 생각이 미치자 나는 참으로 행복한 사람이라는 생각이 든다. 최소한 난 '꿈을 실어 나르는 책지게'라는 동아리 활동을 하면서 내 가슴이 뛰는 일을 하고 있기 때문이다. 동아리 활동은 아이들을 지도하기에 앞서 교직에 들어선 지 8년 즈음의 나를 되돌아보게 했다. 열정만 가득하여 어설픈 줄도 모르고 세상을 향해 덤벼들기만 하던 시절도 있었고, 이제는 나름 할 줄 알고 아는 게 생겼다고 자부하며 지낸 적도 있었다. 교사로서 매 순간 열과 성을 다하여 지낼 것을 다짐하며 교단에 첫발을 내디뎠으나, 언젠가부터는 내가 무엇을 하는지, 하고 있는 일이 맞는지에 대해 의문도 가져보지 않고 그냥 이행하고 있었고, 그런 자신에게 회의감이 들기도 했지만 굳이 돌이켜 보며 좌절하고 싶지 않아서 외면하기까지 한 적도 있었다.

이런 나에게 아이들의 꿈을 찾아 주기 위한 동아리 활동은 오히려 나의 지난 꿈을 찾게 하고 새로운 꿈을 꾸게 하는 과정이 되었다. 동아리 아이들과 살아 숨 쉬는 이야기를 하며, 그들과 나의 아픔을 함께 토로하고, 자신이 꿈꾸는 세상을 그리면서 우리는 다 함께 행복한 시간들을 보냈다. 밤이 깊어 가는 줄도 모르고 빠져들었던 시간들—동아리 수업이 있는 날의 밤공기는 늘 상큼하였지만 가슴은 너무 뜨거워 쉽게 잠들지 못한 밤들이 많았다.

교사로서의 보람과 존재감을 느끼게 하는 일들이 많이 있겠지만, 그 중 '책쓰기 동아리' 활동이 얼마나 큰 보람을 느낄 수 있는 활동인지 다른 동료 교사들과 공유하고 싶다. 또 더 많은 학생들과 이러한 활동을 하지 못하는 것에 대한 아쉬움이 남는다. 현장에서 책쓰기 활동이 국어 교사만의 영역으로 한정되는 경우가 많은데, 다양한 교과 선생님께서 관심을 가지고 자신의 전공 분야와 삶의 경험을 잘 녹여서 아이들에게 미래를 보여주고 안내해 줄 수 있는 다양한 책쓰기 활동이 이루어지길 진심으로 바란다. 책쓰기 활동을 통해서 분명 많은 교사와 학생들이 내적 성장의 기쁨을 누리며 자신의 새로운 꿈을 찾을 수 있을 것이다.

이 책은 아이들이 그린 새로운 세상을 펼쳐 놓은 것이다. 문장이나 글의 구성이 매끄럽지 않은 부분도 있지만 그들의 꿈은 진실되고 곧 다가올 내일로 펼쳐질 것이다. 학생들이 그리는 세상은 '나'를 넘어 '우리'의 세상이기에 더욱 희망적이고 기대가 된다. 동아리 학생들은 오늘의 소중한 경험을 바탕으로 '꿈'을 잃지 않고 살아갈 것이며, 훗날 다시 한 자리에 모여 앉아 오늘의 꿈이 이루어진 그날을 이야기하며 새로운 꿈을 꾸고 있을 것이다. 그때 우리의 심장은 더욱 뜨겁게 무언가를 말하지 않겠는가?

내 심장을 다시 뛰게 해 준 동아리 친구들과 이성욱 선생님께 무한한 감사의 말을 전하고 싶다.

동아리 지도교사 김묘연